與魔族王子一起戀愛吧~
MO ZU
PRINCE
05
Episode

菲莉亞·羅格朗
COUNTRY GIRL
個性害羞、懦弱、膽怯，然而一進入戰鬥狀態即所向披靡，幾乎無人能敵。連番經歷後，終與歐文兩情相悅。
歐文·黑迪斯
MOZU PRINCE
人類勇者學校畢業，現為新任魔王，汲汲營營締造兩族和平。感情方面多愁善感，最近正努力坦率起來，卻發現自己對菲莉亞越來越渴望。

卡斯爾·約克森 LEGENDARY BRAVE'S SON

曾殺死魔王的傳奇勇者的兒子。長相出眾、個性友善，任何方面都近乎完美的天才，是勇者的標竿，人族的希望。欣賞歐文，暗戀菲莉亞。

瑪格麗特·威廉森 MISSY

擁有絕美容貌與高超劍術，被國人譽為「王國之花」，是菲莉亞的摯友，長年暗戀著菲莉亞的哥哥。面對感情積極勇敢，但天生傲嬌的性格總在壞事。

艾爾西 ELF

金髮藍眼的大帥哥。小時候像可愛的女孩，成年後為精靈族中的異類。他向母樹許願成為充滿男子氣概、高大健壯的男人，想以此身呵護全天下的女性。

羅德里克·羅格朗 PHILA'S FATHER

菲莉亞的父親，王國之心的大商人，以重現和販售幾近失傳的矮人族機械為主。結束不順遂的婚姻後，最近開始與前妻重修舊好。

安娜貝爾·瓊斯 PHILA'S MOTHER

菲莉亞的母親，與丈夫羅格朗先生離婚後，下定決心展開新的人生。戰鬥才能被挖掘出來，進入了皇家護衛隊，事業蒸蒸日上。與前夫二次戀愛中。

馬丁·羅格朗 PHILA'S BROTHER

菲莉亞的哥哥，專注於矮人族機械的技術研發，在尚武的海波里恩王國裡，屬罕見的草食系男人。對感情遲鈍到極點，最近終於發現對瑪格麗特有感覺。

理查·懷特 PRINCE

帝國勇者學校畢業。海波里恩王國的三王子，在民間的人氣極高。性格頗為自戀。喜歡瑪格麗特。

迪恩·尼森 SON OF THE BRAVE

海波里恩王國的名門望族，大勇者之子，歐文的多年室友，與奧利弗是最佳損友。性格有點紈褲，想到什麼就做什麼。

尤萊亞·科克蘭 MAGICIAN

王城勇者學校畢業。有四分之一魔族血統的冰系魔法師，身材瘦長。因擁有明顯的魔族外貌特徵，在首都的求職之路很不順遂。

Contents

第一章 卡斯爾學長大告白

兩年後——

「菲莉亞，右邊！」

聽到瑪格麗特的提醒，菲莉亞猛地向右轉頭，掄起重劍格擋在自己與冰獸之間，繼而一用力，將牠試圖壓下來的大爪子一把甩了回去。

此時，一枝捲著魔法的箭從上空飛下，「咻」的一聲刺進冰獸的胸口，紫色的魔紋絲絲竄入冰獸的皮肉裡，痛得這隻凶獸昂首大吼。瑪格麗特趁機一躍而起，趁著卡斯爾在周圍燃起的、明顯削弱這隻寒帶野獸的火焰仍在跳躍之際，將自己那把鋒利的寶劍從冰獸的頭部狠狠刺下！

冰獸龐大的身軀轟然倒塌，瑪格麗特褪力喘氣，擦了一把在零下氣溫中額頭上冒出的快要結冰的汗珠。

「這應該就是最後一隻了。」卡斯爾收起魔杖，走上前，拔出腰間的佩劍，割下冰獸脖子後方一塊通透的冰晶，這是這種野獸在寒帶生存的秘訣，也是其魔法的來源。

菲莉亞看著卡斯爾將冰晶收入束口皮袋，那裡面已經裝了十幾塊類似的冰晶，瑩瑩亮亮的，十分炫目。

這裡是風刃地區中部偏北，處理這附近的冰獸是他們剛剛在王國之心接到的委託，而且是比較重要的官方委託。收集冰晶，則是準備換取額外的錢，算是賺點外快。

冰獸這種物種，沒有性別，會自然從冰雪中誕生，主要活動在艾斯、風刃地區和西方高原北部。據考證，只要在雪中形成一塊稍有魔法的冰晶，大約一個月左右，就能化成一隻冰獸。這種野獸沒有情緒和思考能力，卻有著破壞的本能，會襲擊周圍的村莊和城鎮，給人們造成麻煩。

而且有冰獸的地方，很少只有一隻，常常是聚集十幾隻乃至幾十隻一起出沒。和不少從自然中降生的野獸一樣，冰獸會用魔法召喚更多冰雪、凝聚更多冰晶，繁殖速度非常快，故一旦出現就不能耽擱，得儘快全部剷除。

據說魔法創始人傑克．格林，就是最先解開冰獸身上魔法的秘密，才找出讓人類也能使用魔法的方法。在那之後，他漸漸找齊其他魔法獸的魔法元素，並創建了最原始的魔法體系。

菲莉亞打量了一下周圍，一片白茫茫，只有幾座山頭能勉強用來分辨方向，她嘆了口濛濛的霧氣。

她還是第一次來到風刃地區。

——歐文，便是出生在這樣的地方嗎？

從冬波利畢業之後，已經過去兩年了。菲莉亞最後還是加入了卡斯爾學長的勇者團隊，同樣加入的還有瑪格麗特。不過實際上，現在他們團隊中一共有五個人。

她正想著，一個高大的身影從遠處跑來。

長相俊美的金髮精靈一邊跑、一邊孩子氣的朝他們揮手，雀躍喊道：「怎麼樣！已經解決了嗎？」

「嗯！哈哈哈，你那一箭射得真漂亮！」卡斯爾毫不吝嗇的讚美他，「艾爾西，你越來越熟練了！」

艾爾西停在他們面前，一臉期待的看著隊伍裡的兩個女孩問：「菲莉亞、瑪格麗特，妳們也這麼想嗎？」

瑪格麗特略一點頭，便移開視線。

菲莉亞則笑道：「嗯，射得很準，謝謝，你幫了大忙。」

艾爾西被大家誇獎，高興得臉都紅了起來，他不好意思的抓抓頭髮。過了幾秒，他抱怨道：「其實這種任務比較適合尤萊亞吧？他對風刃地區這裡也比較熟悉……真是的，那傢伙竟然挑這種時候回家訂婚，還要讓卡斯爾暫時充當魔法師的工作。」

「哈哈哈！沒事，尤萊亞本來就很少休假。」卡斯爾並不在意的回答道。

三個人的勇者團隊，這人數實在太少了，況且他們三個的主要專業都是近戰類，唯有卡斯爾勉強能頂一下遠程攻擊的魔法師，但畢竟還是不方便，於是大約在一年半之前，卡斯爾從精靈之森帶來了艾爾西。

另外，卡斯爾似乎的確希望團隊裡有一個冰系的魔法師。歐文離開以後，他又邀請了無論出身還是魔法屬性都和歐文相似、還有四分之一魔族血統的冰系魔法師尤萊亞，這樣團隊才算初步組合完畢。

艾爾西剛來的時候，菲莉亞都已經快要認不出他了。幸好艾爾西的體型比一般精靈要高大許多，她回憶了一下還是想起來了。

艾爾西好像還一直記得當年他們救過他的事，而且他十分嚮往人類社會，於是沒怎麼考慮就高興的答應了卡斯爾的邀請。

由於巨大的體型，精靈村長不知怎麼教導艾爾西才好，索性魔法和箭術都一併教了，而艾爾西自己琢磨，竟然弄出一套在箭上攜帶魔法的方法來，在戰鬥中極為好用。幾年不見，艾爾西的性格比以前沉穩許多，不任性了，反而因為對人類這邊尚不熟悉的關係，變得有些靦腆。

另外，由於精靈不習慣長時間離開母樹，艾爾西隨身都攜帶著母樹的葉片，晚上必須裹著才能睡著。

至於尤萊亞，雖說他當年也是學院大賽的前五名，但由於魔族血統的關係，他在王城並不受歡迎，屢次碰壁——許多勇者團隊都不願意接納一個紅眼睛的青年進自己的隊伍，尤其這個人還留著一頭金色偏長的頭髮，看起來分外的娘娘腔、分外的不討喜。卡斯爾找到他的時候，尤萊亞已經心灰意冷，正準備離開王國之心，回家鄉謀生了。

尤萊亞個性謹慎但並不拘謹，因此儘管他們不是同一所學校畢業的，合作起來卻仍稱得上愉快。熟悉彼此的風格以後，配合起來相當有默契。

大概是一年前，他們知道了尤萊亞在家鄉有個青梅竹馬的女朋友，不過他的青梅竹馬並沒有一起出來上學。這一次，尤萊亞暫時請假半年，是準備和女友訂婚，然後再將她接到王國之心居住。

想到這裡，菲莉亞又不禁有些悵然若失。

她當年的同學裡，並不乏有早婚的。比如室友裡的凱麗，她畢業一年後便傳來消息在老家結了婚；更不要說剛一畢業就跑去登記結婚的南茜和傑瑞，他們兩個好像正在四處遊歷，菲莉亞偶爾也會收到他們從全國各地寄來的平安信。

唔，說起來她父母也和好了大半，目前暫時回到同居的狀態。但是因為先前離過婚的關係，兩個人好像都覺得復合應該更謹慎一些，暫時沒有復婚。

至於歐文……

提起這個名字，菲莉亞又感到心臟有些難受。

歐文那天憑空消失之後，簡直跟人間蒸發了一樣。他很少透露自己家裡的事，所以沒有人知道他在哪裡，也沒有他的任何消息傳來。他以前的室友奧利弗和迪恩等人，常常一起抱怨歐文沒心沒肺，菲莉亞儘管知道一部分真相，卻沒有辦法替歐文辯解。

老實說，歐文最後說他喜歡她，菲莉亞是覺得很開心的。雖然歐文迫不得已必須離開，但感情得到回應仍然讓她感到喜悅。

不過，有時候菲莉亞會忍不住懷疑，是不是歐文太溫柔了？為了不讓她傷心，才在最後撒了喜歡她的謊。

——可這樣的話_(:3」∠)_……

——犧牲也有點太大了吧？

儘管身處冰天雪地之中，菲莉亞的臉頰卻燙了起來，她不自覺的將手指放在凍僵的嘴唇上，微微抿了抿。

歐文的父母都來過王國之心，這說明等歐文繼承了家族工作，也不是完全不能離開家鄉的吧？說不定以後他們還能再……

「菲莉亞，走了！」卡斯爾爽朗的聲音打斷了菲莉亞的思路，他從後方用力摸了摸菲莉亞的頭，毫不客氣的將菲莉亞的頭髮弄得亂糟糟的。

菲莉亞詫異的抬頭，卻看見卡斯爾眼含笑意。

卡斯爾似乎覺得菲莉亞發呆的樣子很有趣，笑道：「別發呆了！尤萊亞說不定已經回王城等我們了，我們也快點回去吧……唔，現在回去，應該還能趕上伊蒂絲教授和查德教授的婚禮。好久沒回冬波利了，趁這個機會回去看看也不錯。」

菲莉亞一愣，這才想起來之前接到的來信。

查德教授總算是求婚成功了，他和伊蒂絲教授的婚禮會在今年的雪冬節舉行，地點就在冬波利學院。畢業以後，菲莉亞回過學校幾次，才終於見到伊蒂絲教授的孩子——那是個漂亮的小女孩，今年有四、五歲大了，她拿著兒童魔杖亂揮時，魔杖尖端會吐出一點小旋風和冰雪渣。

不過坦白說，菲莉亞直到現在都有點不相信那個伊蒂絲教授會結婚，簡直太瘋狂了。

瑪格麗特想了想，道：「……去的話，應該能見到很多同學吧。」

「嗯，應該吧！」卡斯爾回答，「奧利弗和迪恩也跟我說會去。」

這是當然的，伊蒂絲教授結婚這種事情簡直太驚奇了，大家肯定都想去圍觀。況且她穿婚紗的樣子絕對很好看，過去觀賞一下也不錯。

艾爾西對伊蒂絲教授的印象倒是不深，對於他們的話題感到有些困惑，想不起來他們說的是誰。畢竟在精靈之森的時候，伊蒂絲總是神出鬼沒的躲在什麼地方睡覺，而艾爾西又有很長的一段時間在母樹中進行二次發育，他們沒怎麼碰過面。

看到這麼大個子的精靈一臉懵然的表情，卡斯爾忍不住又大笑幾聲，用力揉了揉艾爾西柔軟的金髮。因為艾爾西個頭比他還要高上一些，卡斯爾不得不抬高了手。

▶◇◀◎▶◇◀

艾斯的首都冰城——

十七歲的王子歐文．黑迪斯，正在自家城堡裡處理公文。

兩年前從人類的勇者學校冬波利畢業之後，他又花了一年的時間通過魔族宮廷教師的考核，算是正式成為一個合格的魔族王儲。

然後大魔王伊斯梅爾開始將王國的公務轉移一部分到歐文身上，正式讓他學習處理國家事務，為將來接手國家管理做準備。

因此，這一年多的時間，歐文簡直忙得昏天黑地，比要兼顧魔族和人類兩份學業時還更忙。他必須認識並記住所有艾斯的重要人物，必須知道盡可能多的領域的知識，必須用絕對客觀的態度對待所有百姓。

另外，還有一些特別無聊的魔族貴族不停督促他趕緊完成結婚生子這種國家大事——大魔王伊斯梅爾只有一個獨子，這個獨子還整天在海波里恩那麼危險的地方瞎鬧，大家一直都很擔心，要是萬一魔王他們家斷子絕孫的話，就意味著必須擁立一個新魔王家族，這等同於掀起一陣新的腥風血雨。

好不容易從堆得比人還高的卷案中抬起頭，歐文長長的鬆了口氣，他揉了揉由於寫了太多字而發疼的右手，然後低頭按著兩眼之間的鼻梁。

見他有些疲憊，趴在地上玩筆順便隨便處理幾項公務的大魔王期待的抬起頭來說：「兒子，累了嗎？那我們休息吧！╰(*°▽°*)╯」

歐文鄙視的掃了他一眼。

「……只是你自己想休息了吧。」

「壓力太大本來就不利於保持頭腦清醒嘛。」

即使被拆穿，伊斯梅爾也不覺得羞惱，反而十分坦然的承認，並開始更加理所當然的勸導道：「兒子，你不用把自己逼得太緊。其實大臣們心裡都有判斷的，你平時都做得這麼優秀了，偶爾隨便糊弄他們一下也沒關係的。」

歐文：「……」

親爹太過隨意的話，讓歐文越發疲憊的嘆了口氣，有時候他真想不通艾斯到底是怎麼平平安安存活到現在的，以伊斯梅爾的個性，竟然沒有把國家丟掉然後自己去玩，實在是件奇怪的事。

……不過某種意義上，大魔王說得也沒錯，把自己逼得太緊反而不利於提高工作效率。

於是歐文決定稍微休息一下，然而他剛剛放鬆下來，腦海裡便不自覺的浮現出菲莉亞的樣子。

柔軟的棕髮、圓亮的眼眸、玫瑰色的皮膚和小巧的鼻子嘴巴……

都過去兩年了，不知道菲莉亞……是不是還是原來的樣子？她笑的時候，嘴邊還會有那兩個可愛的小酒窩嗎？

光是想像，歐文就感到心臟變得柔軟起來，好像有什麼輕柔的東西在撫摸著它，偶爾還會將它弄得癢癢的。

老實說，在日復一日繁忙的工作中，歐文對冬波利學院的記憶早就暗淡模糊了，然而唯有菲莉亞的模樣仍然在腦海中鮮明如初。只要他稍微閒下來，那個女孩略帶羞澀的可愛笑容就會闖進他的心口。

這種可怕洶湧的思念幾乎將歐文整個人吞噬下去，唯有靠一心投入忙碌的公事裡，才能暫時緩解想要擁她入懷卻做不到的痛苦。

所以，現在問題來了。

——菲莉亞那邊的狀況……不會也和我一樣吧？_(:3)∠)_

歐文偶爾實在是忍不住擔心起來。他是為了讓菲莉亞能夠更好的接受他的改頭換面，才選擇畢業後立刻離開海波里恩，但如果菲莉亞心中那個什麼溫柔友好的金髮人類魔法師形象根本模糊不掉的話，那不就……

——可惡！早知道入學的時候就應該在黑髮和紅眸裡挑一個特徵留下來，然後謊稱自己是魔族和人類的二分之一混血不就好了！

——反正那個叫尤萊亞的混血在王國之心不是也沒什麼問題？ORZ

可惜時間永遠不可能倒流。

歐文懊惱的又捏了捏鼻梁。

——如果可以的話，真想快點再次見到菲莉亞。

重新整理了一下思路，歐文低頭掃了眼還在地上打滾玩的大魔王，理了理衣袍，從椅子上站起來。

大魔王：「誒？兒子，你要蹺班？好啊好啊，帶我一個！ヽ(*ﾟ▽ﾟ*)ノ」

歐文：「……我去看看德尼祭司，一會兒就回來。」

說完，歐文跨過地上被大魔王胡亂擺著的公務紙卷，走出了房間。踏到窗戶大開、風能吹進來的走廊上，他感覺隱隱發脹的腦袋清醒起來，總算舒了口氣。

腳步略微一頓，他往德尼祭司的房間走去。

在半年之前，德尼祭司終於清醒過來了。

不過，她的狀況並沒有回到全盛時期。

首先是魔力，就像病人的呼吸會變微弱一樣，德尼祭司的身體所能夠容納的魔力量減少了一大半，因此她這段時間的外貌只能維持在四十歲出頭的中年女性狀態，且看上去比過去憔悴許多。

其次，德尼祭司遺忘了她以前做出過的所有預言。

從艾斯面臨危機到魔王明天會摔跤，所有預言無論大小，她全部都忘得一乾二淨。這讓作為一個預言家的德尼夫人非常慌張，儘管她極力不將這種情緒表現出來。最近的半年裡，德尼夫人每天都在努力回憶那些事情，只可惜效果並不顯著。

幾分鐘後，歐文站在了德尼祭司的房間門前，並抬手敲了敲門。

「咳咳咳……進來吧。」

房間裡傳來有些虛弱的咳嗽聲，因為魔力的量不夠的關係，德尼祭司經常會覺得氣息不暢，她現在是整個城堡裡最會咳嗽的人。

得到應允後，歐文推開了門。

德尼祭司的房間一如既往的帶著神秘的氣息，牆上的掛飾、桌上的水晶球和地面上的魔法陣地毯，她都沒有變動過。

德尼祭司正彎著背坐在水晶球後，似乎又再試著回憶過去所做過的預言。

大病一場後，她明顯的虛弱消瘦，但仍然不放棄每天塗上豔麗的口紅，於是她現在的樣子比以前更像巫婆了。

歐文拉開椅子，在她對面坐下，問道：「德尼夫人，怎麼樣，今天有想起什麼嗎？」

德尼祭司輕輕抬眼掃了掃他，「沒有，咳咳咳……」掩著嘴，不可控制的咳了幾聲，她神情有些黯然，「或許是命運女神已經拋棄我了吧。」

頓了頓，她又道：「雖然我們魔族被女神賦予了自由使用魔力的天賦，但太過貪心妄圖探究神的意圖，我們大概還是受到了懲罰……」

德尼祭司蜷縮在椅子裡的病態模樣，看上去相當可憐。

畢竟是自己的長輩，歐文安慰道：「不要這麼說，妳只不過是魔力消耗過度了……因為魔力一口氣損失太多而記憶混亂的例子，在普通魔法師中也有不少。」

「……但願如此吧。」

聽歐文這麼說，德尼祭司的表情仍然鬱鬱寡歡，但情緒似乎安定了下來。

又聊了幾句關於德尼夫人目前身體的狀況，確定她並沒有太明顯的不適後，歐文總算安下心。猶豫了一會兒，他還是問道：「那個……德尼夫人。」

「什麼？」

「妳現在還能繼續預言嗎？」

對於此時精力不濟的祭司來說，這是有些冒犯的問題。

德尼夫人的身體抖了抖，手指不安的在桌上顫了顫，良久才道：「我試過，偶爾還能從水晶球中看到一些模糊的景象，但是像以前那麼清晰的畫面，再也沒有過……雖然我已經忘了我以前到底看到過什麼，可我很清楚遠遠不止這樣……」

其實德尼夫人大部分的預言都是模模糊糊的，只有看見婚禮和在夢中看見歐文的那一次極為清晰。但由於她將自己以前做過的預言全都忘記了，所以對現在的狀況患得患失。

歐文並不知道德尼祭司眼中的畫面，因此他也不知道她的能力到底衰退到什麼地步。考慮了一下，歐文開口道：「夫人，我……想請妳幫我占卜一個人。」

德尼祭司抬起眼皮。

「……菲莉亞。」重新說出菲莉亞的名字，歐文覺得喉嚨有些乾澀，「她叫做菲莉亞·羅格朗，是一名人類女性，應該住在海波里恩的王國之心地區，現在大概是職業勇者，武器是重劍……可能會帶著一個會說話的鐵餅。」

德尼夫人的身體微微一僵，呢喃般的低聲道：「……勇者嗎……」

歐文也覺得他用這種事情來麻煩目前身體不好的德尼祭司實在是強人所難，但想要知道菲莉亞近況的情感幾乎快要擠掉他心中的最後一根弦。

歐文緊張的嚥了口口水，繼續嘗試說服對方：「她是我在海波里恩時的同學……抱歉，我知道讓妳繼續消耗魔力不太好，但……」

——我想要知道她現在過得怎麼樣……

——實在太想知道了……

「不，我沒有拒絕的意思。」德尼祭司皺起眉頭，倉促的打斷歐文，「我只是覺得……算了，我先看看吧。」

說完，她挽了挽寬大的深紫色袖子，閉上眼睛，將手放到水晶球上，漸漸集中注意力。

歐文緊張的注視著她。德尼祭司並沒有衰老，看起來還算正常，這多少削減了歐文的負罪感。

一、兩分鐘後，德尼祭司重新睜開眼睛，同時，她眉宇間的皺痕壓得更深。沒等歐文主動詢問，她便道：「我以前占卜過這個女孩。」

歐文一愣。

德尼祭司接著往下說：「我對我以前看到過的東西一點印象都沒有，但我剛剛在水晶球裡看到的模糊剪影，讓我有一種很奇怪的熟悉感……」

德尼夫人停頓了一下，「我想我曾經占卜過這個女孩，而且……可能不止一次。」

聽到德尼祭司的話，歐文心裡咯登一下。

他第一時間想到的，是他九歲那年大魔王拖著他來找祭司占卜他未來魔后的事。

儘管他沒有將這件事告訴德尼祭司，但菲莉亞的確是他至今為止最喜歡、也是唯一喜歡的女孩，由於他們已經互相表明過心意，所以可以算作是……初戀？

光是這樣理解自己和菲莉亞的關係，歐文就不禁老臉一紅。

正是因為知道他和菲莉亞的事，所以他爸那種唯恐天下不亂的傢伙都顧慮著他的心情，沒有像某些很無聊的大臣一樣催他多接觸一些魔族貴族家的女孩子。

唔……不過某個大魔王現在好像對他和菲莉亞分開的原因有所誤解的樣子，歐文也懶得解釋太多。

難道說，德尼夫人就是那個時候，從他的婚姻中看到……

歐文感到自己的臉頰滾滾發燙，似乎有一股熱流衝上腦袋。他甚至想要假裝咳嗽一聲掩飾自己的侷促以及發乾的喉嚨。

年輕的王子其怪異的神情無疑引起了德尼夫人的注意，她打量著他，遲疑問道：「王子殿下，難道說……你對之前可能是什麼預言，有所頭緒嗎？」

德尼夫人的話讓歐文回過神來，他重新抬起頭，看到德尼夫人那張衰老的臉時，他忽然心頭一跳。

說起來……占卜出下一個傳奇勇者誕生的……

不也是那一次嗎？

▶◇◀◎▶◇◀

十月中旬，菲莉亞一行人終於回到了王城。

他們這一次在寒冷且人煙稀少的風刃地區起碼待了半年之久，因此重新回到溫暖繁華的王國之心地區，菲莉亞不由得生出一種既懷念又稍不習慣的感覺來。

「這些冰晶我會找個好時機轉賣到集市。」卡斯爾將裝滿著從冰獸身上取下的冰晶的袋子拿在手裡掂了掂，「等全部賣出去以後，我們再和委託的報酬一起平分，就和以前一樣，怎麼樣？」

菲莉亞果斷點頭，瑪格麗特自然也不會有什麼意見。

艾爾西雖然平時不太喜歡人類的男性，但卻意外的信任卡斯爾，可能和在幼年期就被卡斯爾的糖果收買過有關，因此他亦沒有異議。

其實他們合作了兩年，默契已經相當堅固，卡斯爾不用特意詢問也沒有任何問題的。

於是卡斯爾將冰晶收起來，笑道：「哈哈哈！那接下來一段時間，到雪冬節為止，我們都休假吧，暫時應該不會有新的委託了……唔，等下次有工作時，我再來和你們商量。」

正式成為勇者以後，菲莉亞的工作和假期變得相當自由，只要連續工作幾個月，賺取到足夠的酬勞，接下來就能一口氣休息相當長的時間。比如這一次，按照卡斯爾的說法，是一份「佣金豐厚還能順便賺點外快」的工作。

休息到雪冬節之後的話，就還有三個半月時間。

因為還準備趕去冬波利參加伊蒂絲教授和查德教授的婚禮，所以她認真掐算了一下假期的時間。

學會騎馬以後，她現在的腳程比以前快了，參加婚禮也不用帶太多東西，因此應該能在家裡待兩個多月。

卡斯爾又交代了一些別的瑣事，四人各自告別。菲莉亞和瑪格麗特準備回自己家，艾爾西借宿在卡斯爾那裡，因此跟著卡斯爾走了。

離開半年多，王城的街道有不少變化，菲莉亞稍微辨認了一下，才回到自己的家。

「菲莉亞，妳回來了？」隔著門欄看見她，正在院子裡練習重劍的安娜貝爾暫時放下了劍，笑著說道。

大概是因為在軍隊裡待久了，當陽光從她臉側穿過的時候，看起來有幾分颯爽的感覺。

安娜貝爾．瓊斯半年前被提升為皇家護衛隊一支分隊的隊長，不過她仍要擔任約克森女士的助手一職，儘管約克森女士現在是總隊長了。

大概是受到約克森女士影響的關係，大家都說安娜貝爾的性格和處事方式都跟她上司越來越像。

看到剪掉長髮、身著鎧甲的母親，菲莉亞仍然有種恍惚的感覺。畢竟對她來說，媽媽作為那個忙碌於麵包店和家庭之間、總是穿深色或暗色調的衣服，不苟言笑又挑剔的家庭主婦的時間很長。

不過，菲莉亞由衷的為母親的變化感到高興。

因為女兒回來，安娜貝爾索性也不繼續練劍了。她跟著菲莉亞進屋，然後洗了個澡。

羅格朗先生今天在外頭談生意，今年二十歲的馬丁儘管跟著羅格朗先生工作，但如今已經在工作室附近有了自己的住所。其實按理來說，菲莉亞也差不多到了應該搬出去的年齡，但因為她一年裡有一半多的時間都不在王城，單獨住實在不方便，所以依舊和關係複合大半的父母居住在一起。

洗好澡後，安娜貝爾換上常用服，一邊用毛巾擦頭髮，一邊走出來，往沙發上一倒，相當隨意道：「菲莉亞，隔壁的希爾夫人說要幫妳介紹對象。」

菲莉亞一口茶差點噴出來。

她咳嗽了好幾聲才緩過勁來，迷茫道：「希爾夫人？」

安娜貝爾回憶了一下，有點不確定的說道：「嗯，隔壁那棟房子的新住戶，好像……也是做生意的吧？我之前出門的時候被她拉住了，她說她兒子也是單身。」

羅格朗先生住的這一帶是商人的集中地，貴族家庭一般不會選在這裡，因此新鄰居是商人是相當正常的事。另外，安娜貝爾那一身皇家護衛隊小隊長的制服相當顯眼，只要穿著出去就會常常被拉住搭訕或者圍觀，被鄰居攔下也沒什麼好奇怪的。

安娜貝爾隨口描述了一下對方的條件：「我見過那個男孩幾次，他和妳哥哥一樣大，長得很英俊，是個紅頭髮，唔……好像是從帝國勇者學校畢業的，只不過現在沒當勇者而已。」

聽上去的確相當不錯的樣子，和菲莉亞的水準也差不多，但……

「那個，幫我拒絕掉吧。我目前沒有……結婚的打算。」菲莉亞慌張道，這個話題令她不安，這些年她在人際交往上已經比學生時期好很多了，但此時看起來又有以前的影子。

「又不一定要結婚。」安娜貝爾掃了她一眼，「只是希望讓妳去認識一下而已，談談戀愛積累經驗又不壞。現在妳平時接觸到比較多的異性只有妳爸、妳哥、卡斯爾、尤萊亞和艾爾西吧？」

「可是我才十七歲……」

「妳的同學裡不是有不少早就組成家庭的嗎？還有剛剛訂婚的尤萊亞……我在妳這個年

紀的時候，也已經快要結婚了。」安娜貝爾略微停頓一下，「雖然結得太早了。」

菲莉亞不知該接什麼話才好。

她有將自己和歐文之間的事傾訴給瑪格麗特與南茜之類的朋友過，哥哥也知道一點，但她還沒有告訴過父母，因為不好意思開口。

想了想，菲莉亞下定決心道：「那個，媽媽，其實我有喜歡的人……」

「卡斯爾？」沒等菲莉亞說完，安娜貝爾就條件反射的打斷了她的話。

菲莉亞一愣：「卡……斯爾？」

「難道不是嗎？」

安娜貝爾皺眉，將手放在下巴上，一副思考的模樣，「妳不是一畢業就決定進入卡斯爾的勇者團隊，明明當時團隊連基礎的規模都沒有。而且按照妳爸爸的說法，你們大概已經認識了七、八年吧？卡斯爾的相貌不錯，又有風度，個性對妳來說應該也很合適……我覺得妳會喜歡上他也不是什麼奇怪的事，王城裡面喜歡他的女孩又不少。」

菲莉亞：Σ(っ°Д°;)っ這麼一說好像是很有道理，但……

菲莉亞當然知道卡斯爾從很久以前就很受歡迎，在學生時代他就已經吸引了在他年齡上下五歲範圍內的不少女孩子，而從冬波利畢業、正式踏上職業勇者生涯後，仰慕者的年齡範圍就擴大到了幾十歲。

從菲莉亞的角度看來，卡斯爾也的確是個相當完美的人。卡斯爾擁有英俊的長相、高貴的出身、劍術和魔法雙擔的天賦、隨和開朗的個性與驚人的人格魅力，最近在完成幾個相當困難的任務後，他們的勇者團隊知名度也飛快上升了。目前，眼下的海波里恩，卡斯爾是最受歡迎的年輕人。

菲莉亞從個人的角度，自然也相當崇拜和尊敬自己團隊的隊長，不過這僅僅是對前輩和朋友的感情罷了。

她知道真正的心動是什麼感覺，她不會將喜歡和憧憬的感情混為一談。

「不是的。」菲莉亞連忙擺手否認，語速亦不自覺有些急切，「我們的確是朋友，我很尊重他，卡斯爾也從以前就一直很照顧我。但是我們並不是……」

安娜貝爾的視線仍然遲疑的放在菲莉亞身上，她奇怪的看了一眼似乎的確對卡斯爾沒有特殊感情的女兒，說道：「但是，莉奧妮跟我說，她的那個姪子，好像有些中意妳啊？」

老實說，剛剛知道這件事的時候，即使是安娜貝爾也對約克森女士的話感到吃驚。從她的角度看來，卡斯爾無疑是個優秀的青年，而且將來還會更優秀，哪怕他們家族並不在意門第，也仍然要高於菲莉亞。

雖說從某種意義上來看，菲莉亞作為當過幾年女王的艾麗西亞的後代，也勉強算皇族後裔，但這件事除了安娜貝爾以外，根本沒有人知道，安娜貝爾也不打算告訴菲莉亞……

可是安娜貝爾很清楚莉奧妮·約克森是那種說一就是一的性格，絕對不會拿這種事隨便開玩笑，因此一旦她這麼說，就說明她確實是這麼覺得的。

於是，安娜貝爾再次將目光投向自己的女兒，她看到的是比她還要吃驚的菲莉亞。

「不，怎麼會！」菲莉亞眨了眨眼睛，道：「卡斯爾他的確對我很好，但那只不過是出於對朋友、後輩和隊友的照顧……他對其他人也很好的。」

菲莉亞看上去的確一臉不知情的樣子，安娜貝爾有些狐疑，難道是約克森女士想錯了，還是說……菲莉亞太遲鈍？

她在直覺敏銳的職業軍人和平時看上去就有點天然呆的女兒之間搖擺了一下，然後果斷偏向了前者。

不過，菲莉亞的確也不像是對卡斯爾有特殊想法的樣子……

想了想，安娜貝爾問道：「所以呢？妳剛才說喜歡的人是誰？」

「是……以前在學校裡關係很好的朋友。」菲莉亞臉頰一紅，完全不敢對上安娜貝爾的目光，「一個……冰系的魔法師。」

菲莉亞以前經常在家裡提起和她關係好的朋友，她說到這裡，安娜貝爾已經差不多明白了。不過，她也記得當初菲莉亞跟她說過與朋友約定了畢業以後要進同一個勇者團隊，但最後那位朋友並沒有出現在卡斯爾的勇者團隊裡，而是選擇了回家鄉。

具體的事，菲莉亞沒有多說，但在安娜貝爾看來，在這個世界上，要找到比卡斯爾更優秀的男性，實在太難了。

人的感情實在是件無奈的事。

安娜貝爾嘆了口氣，伸手摸了摸菲莉亞的頭。

▶◇◀◎▶◇◀

幾天後，菲莉亞和卡斯爾在互相練習戰鬥。

雖說兩人是隊長和隊員的關係，但不工作的時候，他們同時也是朋友。特別是近幾年，菲莉亞漸漸發現除了卡斯爾以外，很少有對手能讓她的水準再得到提高，即使是瑪格麗特也辦不到。

卡斯爾是同齡人唯一一個能夠讓她全力以赴而不用擔心傷到對方的對手，想來卡斯爾也是差不多的感覺，所以漸漸的，他們成了彼此固定的練習對象，有空的時候就會約出來打幾場活動一下筋骨。

汗水順著臉頰而下，由於劇烈運動的關係，菲莉亞的皮膚從內向外泛出紅潤的色彩，呼吸也不自覺的漸漸急促起來。她緊張的注意著卡斯爾每一個可能別有意圖的步伐，並進行著她自己都沒有注意到的節奏在防禦和進攻。

這幾年，卡斯爾的劍術日益精進，幾乎每天都有進步，將其他懶惰又缺乏天賦的勇者遠遠甩在後面。

不過，菲莉亞也不認為自己有所懈怠。

儘管和卡斯爾對招非常吃力，但她還是咬著牙見招拆招。

兩人已經僵持了差不多有一、兩個小時，其實菲莉亞有察覺到卡斯爾曾有幾次打敗她的機會，但他並沒有那麼做，而是放任她用最快的速度彌補漏洞，然後繼續這場對決。

「菲莉亞，不要分心！注意妳的小腿，我可以攻擊那裡！」

「是、是的！」

菲莉亞沒想到一瞬間的分心就會再一次讓卡斯爾抓到破綻，連忙慌張的變換步伐，保護好她總是容易忽視的腿部，繼續將注意力集中到卡斯爾進攻的劍上。

不過，即使以菲莉亞的體力，也很難長時間保持高度集中的注意力，更何況精神力一向不是她的強項，因此不久後，菲莉亞的精神再一次渙散。

卡斯爾看了眼漸漸難以集中心神的菲莉亞，想了想，他忽然抽開了即將和菲莉亞接上的劍，讓菲莉亞的重劍砍了個空，直接打在地上——電光石火之間，他趁機將劍一收，擦了把額上的汗，道：「哈哈哈！我有點累了，今天就到這裡吧，菲莉亞。」

「啊……嗯……好。」菲莉亞一愣，這才將沉重的重劍擱在地上，自己原地休息。

卡斯爾笑了笑，相當隨意的就地坐下。

兩個人暫時都累得沒有說話，他們其實已經打了有兩小時。卡斯爾畢竟天資很高，又比菲莉亞年長一歲，這兩年裡，菲莉亞剛開始始終被他壓制著，後來才漸漸能贏得幾次勝利或打平。

不過，今天的話，還是卡斯爾比較占上風。

卡斯爾用眼角餘光掃了掃她，問：「菲莉亞，妳今天有點心不在焉？」

菲莉亞考慮了一下，並不否認的回答：「嗯……可能是有一點吧。抱歉，我下一次會更集中精神的。」

「哈哈哈，我又沒有責怪妳的意思。」

又是短暫的沉默。

菲莉亞不知怎的又想起了母親說的「卡斯爾或許有些中意妳」的事，不過只是在腦海中飄過了一下就重新拋到腦後。

——果然，怎麼想都不可能吧？_(:3」∠)_

卡斯爾對大家都相當友好，因為他很容易親近的關係，所以大家也喜歡聚集在他身邊。卡斯爾的朋友非常多，而且大多是男性，不過他似乎沒有什麼性別觀念，像她就從沒見過卡斯爾有什麼「特別的」女性朋友。

當然，菲莉亞也不覺得自己是卡斯爾的朋友中比較特別的一個。

這麼一想，菲莉亞果斷又樂觀的將母親的話歸結於她會錯了意，或者約克森女士弄錯了意，並沒有往心裡去。

這時，卡斯爾突然問道：「菲莉亞，歐文離開王國之心，已經有兩年多了吧？」

聽到卡斯爾提到歐文的名字，菲莉亞不自覺的一愣。

因為顧及到她的心情，包括瑪格麗特和卡斯爾在內，差不多所有人都會刻意避免在她面前主動說起歐文的事。

其實菲莉亞本身並不會特別在意他們說起歐文，甚至還有點隱秘的期盼他們聊起歐文，就算得不到新消息，也可以讓她重新回憶起過去歐文的事，如果有人稱讚他的話，她也會暗暗替他高興。

但是，因為大家都不提，菲莉亞只好將往事默默埋在心裡。此時毫無防備的從別人口中聽到他的名字，菲莉亞實在有些意外。

「嗯，已經有兩年半了。」菲莉亞點點頭，微微垂下睫毛，回答道。

「所以……」卡斯爾繼續問：「你們這麼長時間一點聯絡都沒有嗎？」

「是的……」

儘管歐文提前說過他家裡的事盡量不要告訴其他人，想到這，菲莉亞仍然不禁感到有點淡淡的失落。

不知道是不是配合她沮喪的心情，卡斯爾也一會兒沒說話，半晌才重新開口。

「菲莉亞。」

菲莉亞感到氣氛有一些不對勁，奇怪的回應：「怎麼了？」

又是幾秒鐘的沉寂。

接著，卡斯爾道：「考慮一下我吧。」

菲莉亞感覺一頭霧水，沒有明白是怎麼回事，歪了歪頭，又問了一遍：「考慮什麼？」

卡斯爾默默盯著菲莉亞懵懂的表情，看了一會兒，然後……

「……噗，哈哈哈哈哈！」他忍不住悶聲笑了出來，接著笑聲越來越大。

「抱歉，菲莉亞，雖然我已經在腦內演練了幾遍，不過，真的說出來後，果然還是有點不好意思啊。」

說著，卡斯爾果然不好意思的抓了抓頭髮，將那頭火焰般漂亮的紅髮弄得亂糟糟的，但由於他英俊的五官，這造型卻不顯得邋遢，反而有些男孩子的率性。

他定了定神，重新說道：「是這樣的，我也喜歡妳，菲莉亞。」

——誒？

菲莉亞就像忽然不會說話了一樣，整個僵住。

愣了半天，正當她反應過來，想用「哈哈哈，學長你真會開玩笑，我還以為你是那種不會惡作劇的人呢」來作為回應的時候，只聽卡斯爾繼續開口說道——

「唔……妳喜歡歐文對吧？我之前就知道了。而且歐文應該對妳的感情也很深。所以，關於向妳表白的事，我也猶豫了很久。但是，他不再回來的話，妳也不可能永遠只等著他，對吧？」

卡斯爾不知何時斂起了始終掛在虎牙邊上的笑容，他金色的眼眸被黃昏時分的夕陽染得更深，目光極為堅定認真，認真到菲莉亞簡直有些不敢直視他的地步。

兩年的時間，十八歲的卡斯爾已經是一個真正的青年。

他曲著腿坐在地上，身邊放著那把似乎頗為古老的寶劍。他身材勻稱挺拔，比絕大多數男性都要高大，即使是坐下來，也有種說不出的氣勢。

「抱歉……我也知道貿然說這些大概會讓妳覺得為難。妳拒絕我也不要緊，不過……」卡斯爾繼續抓著頭髮，緊張的抿了抿脣，「如果歐文不再回來的話，妳……能夠試著考慮一下我嗎？」

▶◇◀◎▶◇◀

這個時候，遠在艾斯的歐文突然感到心臟莫名亂跳了起來。

他不安的皺了皺眉頭。

自從那天去找德尼夫人占卜菲莉亞之後，他並不是第一次有這種不安的感覺了。

歐文不得不站了起來，打開窗戶，對著窗外新鮮的空氣長長舒了口氣，昏昏的腦袋彷彿也跟著清醒了幾分。

由於地域差距，海波里恩不少地區還是白天的時候，魔界的月光已經如陽光下的泉水般澄澈明亮，此時月光從窗戶裡透進來，靜靜灑在窗前的王子身上，在他的輪廓周圍鍍了一層溫和的光暈。

歐文閉上眼睛，捏了捏兩眼之間的鼻梁。他覺得自己的兩個眼球就像隨時都會爆炸一樣鼓脹著，最近整天在看公文上密密麻麻的小字，對他的視力造成了一些傷害，有時候猛地一抬頭，會發現房間裡的家具都黏在了一起。

儘管從海波里恩回來後，歐文就把用來偽裝的無度數眼鏡收進抽屜，僅僅作為學生時代的回憶偶爾拿出來看看。但以現在的情況來看，再過不了多久他就得重新在鼻梁上架個什麼東西了。

想到這裡，歐文忍不住又嘆了口氣。

菲莉亞的事又不可控制的湧入歐文的腦海裡，但這一次，除了以往的煩惱，又更多了一種更加可怕的懷疑。

仔細一想，他為了找到那個可能是傳說中的勇者的傢伙，幾乎將目光放在了所有學生身上，但不知怎的，他卻從未懷疑過菲莉亞。

「他在年少時便已經顯露出非凡的才能……他將在帝國的心臟接受系統的學習，並在那裡集結到宿命的同伴，踏上北征的道路。」

在年少時顯露出非凡的才能，未必意味著年少成名。

菲莉亞，的確是從出生起就擁有和別的人類不同的力量。

第二章 新魔王即位

菲莉亞再一次和卡斯爾見面，已是出發到冬波利參加伊蒂絲教授婚禮的時候了。

要不是他們勇者團隊的三個人先前就約好要一起去的話，菲莉亞說不定仍然會繼續迴避卡斯爾。

因為某種心理原因，菲莉亞一直在拖延，直到最後一刻才出現在幾人約好碰面的地點。瑪格麗特和卡斯爾都已經在了。

「喲。」

卡斯爾整個人沐浴在陽光下，光影在他身上形成一種難言的藝術感。在看到菲莉亞時，他燦爛的笑起來，露出了虎牙。

然而菲莉亞卻下意識的迴避了他的目光，只是略點了點頭，就趕緊快步走去和瑪格麗特站在一起。

卡斯爾倒是沒在意她的反應，只是「哈哈哈」的笑了笑。

瑪格麗特不明白眼下有些尷尬的氣氛是發生了什麼事，於是古怪的看了看他們兩個，見菲莉亞好像不準備解釋的樣子，她皺了皺眉頭，只好主動詢問道：「你們怎麼了？」

「沒什麼……」菲莉亞低下頭，心虛道：「只是……只是稍微有點事。」

「……是嗎？」

瑪格麗特狐疑的看了看他們，對於菲莉亞似乎有秘密對她隱藏的行為感到些許不滿，但想到或許是在這麼多人面前菲莉亞不好意思說，瑪格麗特決定暫時按捺住擔憂和好奇，等只剩下她們兩個人的時候再詢問。

實際上，在那一天，菲莉亞相當果斷的拒絕了卡斯爾。

她倒是沒有準備一輩子只喜歡歐文的意思，如果歐文一直不回來的話，菲莉亞相信自己也是會順利淡化對他的感情，並且喜歡上其他人的。不過，她目前對卡斯爾並沒有那方面的感覺，而且對他突然表明心意的行為吃了一驚。

現在卡斯爾待人處事的態度還是和以前一樣，著實讓菲莉亞的心理負擔減輕不少。但是在那場告白之後，卡斯爾的存在感突然比以前增強了成千上百倍，菲莉亞的確已經無法再忽視對方了。

原本卡斯爾就是個引人注目的閃閃發光的人，而現在，在菲莉亞眼裡，卡斯爾簡直就是個近距離移動的太陽。

尤其是……

卡斯爾被拒絕的時候仍然是一副「我早就知道」的表情，相當輕鬆的聳了聳肩，甚至還笑了笑。

他說：「等妳改變主意的時候告訴我，我想我應該會等妳很長一段時間。」

所以現在，她根本無法直視他……_(:3)∠)_

而此時，卡斯爾則用眼角餘光悄悄打量著菲莉亞，見她雖然仍有些為難的樣子，但至少沒有完全逃避或厭惡他，精神也頗不錯的模樣，他稍稍鬆了口氣。

卡斯爾不自覺的抿唇，抓了抓頭髮。

其實就連他自己都覺得自己前幾天的行為有些卑鄙，在明知道對方會苦惱的情況下，仍然選擇這麼做。

眼看著菲莉亞漸漸長大成熟，卡斯爾很清楚菲莉亞在愛情方面的單純和遲鈍，只要不好好說清楚，她恐怕永遠都感覺不到有人對她的情感正在發酵。從她和歐文磨磨蹭蹭的關係就能看出來了……

——唔，實際上從她那對結婚二十幾年，卻看上去完全不會談戀愛的父母，就差不多能猜到菲莉亞肯定在這方面也擅長不到哪裡去了。

卡斯爾無奈的笑了笑。所以，他決定先把自己的感情告訴菲莉亞，至少這樣應該會讓她認真的考慮看看。

——還有……

卡斯爾捂住胸口。

沒想到，即使是他，也第一次生出了相當齷齪的私心。

——但願歐文……不要再回來了。

▶◇◀◎▶◇◀

這個時候，歐文正在艾斯的國家圖書館和魔王的個人書庫中來回奔波。

艾斯畢竟是擁有千年以上歷史的古老國家，歐文的家族也算是擁有王位時間比較悠久、底蘊深厚的魔王家族，這兩個圖書館中無論哪一個，都擁有層層疊疊的書櫃和密密麻麻的大量藏書。

或許暫且比不上魔法師之塔，但是踏遍整個大陸，藏書量能超過這兩處的圖書館也不會超過三個。

在這麼龐大的資料下，歐文卻不厭其煩的長時間泡在裡面，一本接一本的翻閱圖書，搜尋著資訊。

他也不知道自己把應該要辦的公事丟在一邊，如此著急的是想尋找些什麼，明明像菲莉亞這樣年輕又普通的人類女孩，是不可能被記錄在任何一本文獻裡的。而此刻將自己埋在書裡尋找答案，似乎是唯一能夠讓他平靜下來的方式。

這幾天他差不多查遍了所有關於傳奇勇者的文獻，將數千年來的幾十個傳奇勇者一生的事蹟都翻了個遍，最後他不得不將注意力放到一個名為艾麗西亞．瓊斯的女性勇者身上。她是三百年前殺死了一任魔族女王的傳奇勇者，使用的武器是重劍，天生神力，能夠單手舉起巨石。

算起來的話，歐文家族的這一魔族支脈之所以能當上魔王，也和這位傳奇勇者有關係。被她殺死的那位魔族女王很年輕，死時才二十幾歲，尚未成婚，自然也沒有子嗣，於是她死後，便由女王的弟弟繼承王位，那便是歐文的先祖。

歐文在海波里恩時，也曾翻閱過人類的各種記錄傳奇勇者的書。他們敬畏每一位能殺死魔王的勇者，因此將所有的事都記錄得十分詳細，相比較魔族的記錄而言，人類書裡的勇者描寫的都極為誇張，彷彿恨不得能給每個勇者都插上翅膀、掛上光環一般。

但奇怪的是，唯有對這個艾麗西亞．瓊斯，所有的書都三緘其口。有些只是隱晦的一筆帶過，有些則索性忽略她，就像這個人根本不存在一樣。因此，歐文在海波里恩的時候始終沒有注意到她，反而還是魔族的典籍中記載較詳細。

正常情況下，他不該沒有注意到的。

隱隱的，歐文從她身上彷彿看到了菲莉亞的影子。

她們同樣出生於南淖灣的一個小鎮，同樣有著非同一般的力量，同樣使用重劍，同樣是勇者……

歐文甚至回想起來菲莉亞曾告訴過他，她出生的那個小鎮，名字就是「艾麗西亞」。

在歐文看來，艾麗西亞．瓊斯的人生具有相當的戲劇性，比起當年那個什麼的「黑玫瑰勇者」更有成為劇本的價值。

艾麗西亞的出身並不富裕，或者說可以稱得上低微。她的父母和小鎮中大部分的居民沒有任何不同，都以耕作為生。但艾麗西亞並不甘於現狀，她具有強烈的好奇心，嚮往小鎮外的世界。

在當時，勇者學校的體系不如現在這麼完善，其學費對於艾麗西亞的家庭來說，是根本不可能拿得出來的數字，而且艾麗西亞當時也還沒有決定要成為勇者，所以並沒有去上學。她只是自己離開了家，出門去闖蕩，聽說後來她發現自己在武器製造方面有些天賦，於是自學鑄劍的知識，為自己鑄了一把劍。

按照書上的說法，早年的艾麗西亞是相當溫和的人，身上沒什麼戾氣，因為不太自信的關係，據說還有些內向。但同時，她又很漂亮，靦腆笑起來的時候，就像清晨的百合花。

不過，這種溫柔的形象，在後期的她身上幾乎找不到了。

十九歲那年，艾麗西亞身邊漸漸聚起了一支勇者隊伍，他們懷著人類年輕人的豪情以及對自己能力的高度自信，衝向了魔王的城堡。

從此，厄運開始纏上了艾麗西亞。

先是夥伴們一個一個在艾斯犧牲，等到抵達魔王城堡的時候，隊伍已經只剩下艾麗西亞一個人。她闖進去，和魔族女王纏鬥了三天，最終被魔族女王扣住，關在地下的牢房裡。

據說那位魔族女王對艾麗西亞有非同一般的興趣，雖然是敵人，但每天工作完成後都要去看望對方，並且和她聊天。

後來，魔族女王還把艾麗西亞的牢房從底下直接移到了她臥室的隔壁。當然，後來的事實證明，這是個無比錯誤的決定。

女王總共困住了艾麗西亞三個月，三個月後，她被艾麗西亞殺了。

按一些書中的分析，艾麗西亞在被囚禁的期間，一直在研究破解冰魔法的方法，她天賦驚人，只花了三個月就能夠靠雙手的蠻力抓住魔法，於是出其不意的殺了女王。

但她的災難顯然沒有到此結束。

好不容易帶著榮耀回國後，國王按照對待傳奇勇者的傳統接見了她。然後，艾麗西亞的美麗震動了那位已經有了一個王后的國王。

艾麗西亞在艾斯受的傷尚未痊癒，她的朋友都在艾斯犧牲了，至於家人……那些目光短淺的血親認為她能嫁入皇室是莫大的榮耀，還想從這場荒唐的婚姻中得到不少好處。

婚禮當天晚上，艾麗西亞就殺死了國王，以及王后和兩位王子。

大臣和其他貴族都被這個女人的殘忍所震驚，因此當她頭頂王冠坐上王位的時候，竟然沒有人敢質疑。

她在海波里恩歷來的君主中算得上是少有的專權和鐵腕，而且還是完全靠個人的武力進行壓制。曾有一位將軍不服氣，率領軍隊想要趁夜偷襲她，結果被艾麗西亞在一夜之間以一人之力全部剿滅，徹底堵住了所有對她不滿的人的口。

後來，大概在三十歲的時候，艾麗西亞愛上了王城裡一個普通的麵包師，並和他結婚，兩人也有孩子。

艾麗西亞多年的強勢，已經讓大臣和貴族再也無法反對她的任何決定。

可惜的是，艾麗西亞的孩子雖然繼承了她的力量，卻並沒有什麼政治才能。於是在艾麗西亞死後，他們被大臣洗腦，以自己的母親為恥，隨後被趕回艾麗西亞的家鄉，繼續在那裡生活。

另外，按照記載，艾麗西亞在國家大事上的行事風格，很像被她殺掉的那位魔族女王。歐文將關於艾麗西亞的事全都記錄下來，一件一件詳細的看過去。

現在，他幾乎可以肯定菲莉亞和這個海波里恩歷史上唯一的女王脫不了關係，就連她用的那把重劍，外形都和記錄中艾麗西亞自己打造的武器一模一樣。

越看，歐文的眉頭皺得越緊。

菲莉亞無疑是個溫和的人，可是艾麗西亞的性格卻前後反差很大。

難道說……

看上去那麼溫柔乖巧的菲莉亞，若受到刺激，也有可能變得非常可怕嗎？

沉默了好久，歐文仍然想像不出菲莉亞變得瘋狂的樣子，也想像不出她到底會因為什麼事而瘋狂。

跟艾麗西亞不一樣，菲莉亞目前實在不像會招惹出什麼深仇大恨的樣子。

想了想，歐文又翻出了記錄著德尼祭司預言的書。看到文字的一剎那，歐文彷彿又聽到德尼祭司當時比以往更深沉沙啞的嗓音在耳邊響起——

「足以終結艾斯的勇者已經誕生了，他將操縱著世界上最強大、最神秘的魔法，永遠結束魔族最強大的血脈的傳承。」

「勇者將會出現在那個方向，他在年少時便已經顯露出非凡的才能……他將在帝國的心臟接受系統的學習，並在那裡集結到宿命的同伴，踏上北征的道路。只有讓魔王之子提早切入他們的命運，儘快將命運之線重新打亂，才能改變決定好的結局。」

「畫面不像是廝殺。」

「魔王之血就此終結，艾斯危在旦夕。」

原本歐文只將這個預言從字面的意思去理解，但將傳說中的勇者和菲莉亞……甚至和他個人的婚姻聯繫在一起後，他卻覺得處處透著古怪。

菲莉亞並不是魔法師，甚至對魔法一竅不通，在學生時代的時候，所有物理系學生也要學的魔法理論課，她總是考得很差。但仔細一想，世界上根本也不存在什麼「最強大、最神秘的魔法」。

卡斯爾的火系魔法是魔法中常見的一種，但是實際上他親近的魔法元素並不純粹，他也能親近雷電元素和一點微弱的風元素。然而，不管是這些元素中的哪一種，都不足以被稱為是「最強大的」。

魔法理論家的研究早就表明了，各種元素的力量和元素本身沒有關係，只和魔法師的元素親和力和魔法儲存量有關。

另一種可能就是這個「魔法」指的是某個特定的、強大的神秘魔法，但以海波里恩現在的魔法水準，歐文實在無法想像人類能誕生出這樣的魔法來。即使這種魔法真的存在，那也只可能是在艾斯。

——難道說……這個魔法指的並不是真正的魔法，而是一種藝術性的比喻，比如比喻愛情之類的……

光是想到這個可能性，歐文就不禁臉一紅。

如果真是這樣的話，這個「魔法」針對誰，就不用多說了。而且這實在是個挑戰人羞恥心的比喻，簡直和魔后櫃子上那些詭異小說的思路一模一樣。

歐文頂住強烈的羞恥深思了一下，除了菲莉亞之外，他還有可能喜歡上其他女人，或者和其他女人結婚生子嗎？

好像——他無法想像這樣的結果。

在艾斯，並不是沒有美麗優秀的魔族少女出現在他眼前，她們有不少比菲莉亞更漂亮且充滿個性，但除了菲莉亞，他無法對任何人心動。

光是想像菲莉亞的模樣，他的心臟就會揪緊。

隱隱作痛，卻又……難言的甜蜜。

再仔細一想，預言只說「足以終結艾斯的勇者誕生了」，還有「魔王之血斷絕，艾斯危在旦夕」，卻沒有什麼詞彙提到過是這個勇者親手、有意毀掉了艾斯。

如果是因為失去了魔王，艾斯陷入混亂導致危在旦夕的話，好像也並不是說不通。

歐文並沒有兄弟姐妹，他父親大魔王伊斯梅爾倒是曾經有很多，但他們大多都在上一任大魔王數次挑起的人魔戰爭中犧牲，還有不少則是在爭奪魔王之位的鬥爭中死去。總之，要是歐文沒有孩子的話，在他死去以後，的確有可能會造成魔王之血斷絕的結局。

魔王必須是整個艾斯中最強大的魔族，要出現一個新魔王，勢必要經過百年以上的混亂期，幾乎每一次變更魔王家族，艾斯都會元氣大傷。

這個猜測成立的話……

「畫面不像廝殺」和「只有讓魔王之子提早切入他們的命運，儘快將命運之線重新打亂，才能改變決定好的結局」，這兩個細節也就說得通了。

歐文有自信無論他是什麼時候見到菲莉亞，他都勢必會被她吸引，甚至是一見鍾情。但如果他不去海波里恩，不和菲莉亞一起長大，菲莉亞卻未必會對他有感情。

要是他沒有扮演風刃地區魔法師，在菲莉亞心中占據著幫助她、陪伴她位置的人，或許就會是菲莉亞描述的那種能吸引她的類型，也就是卡斯爾。然後按照預言中所說，她集結完同伴後踏上北征的道路……

——她會和我在城堡裡見面，然後我會愛上她。

歐文想著。

他在腦中不停的分析著可能發生的事。

歐文其實很清楚，自己和父親伊斯梅爾性格完全不同，和隨意的母親也不一樣，由於童年沒有經歷過災難，作為獨生子和王位的唯一繼承人被扶養長大，他遠比父親要來得驕傲自信，自尊心更強，比如換他就絕對做不出不開心就抱著魔后打滾這種事。

另外，他對苦難也沒有什麼深刻的理解，因此對生命的同情心也不如父親來得強，要是沒有親自接觸過人類、在人類世界生活那麼久的話，他是有可能帶著魔族王室的傲慢做出什麼讓菲莉亞他們不安到進行北征的事的。

不過，菲莉亞和卡斯爾，卻有可能在見過他之後，不殺死他。

於是，歐文漸漸在腦海中整理出說不定就是預言真相的整個故事——

他做了一些讓人類和魔族之間的關係惡化的事，於是菲莉亞和她的夥伴們北征來到了艾斯。他喜歡上菲莉亞，而菲莉亞儘管沒有殺他，卻也對他沒有這方面的興趣。於是，他成了他這一支脈最後一個魔王，最終將艾斯推向糟糕的境地。

歐文：怎麼……這個艾斯衰落的過程……感覺是我單方面在作死啊？_(:3)∠)_

不過，現在菲莉亞喜歡的人是他，呃……雖然並不是真正的他，但不管怎麼說，狀況應該比他所猜測的那個預言可能性要好吧？

忽然，意外發現自己作得一手好死的歐文精神一顫。

都過去兩年了，菲莉亞真的還喜歡他嗎？

她那邊有卡斯爾、有奧利弗，說不定還有之前那個在學院競賽見過的、對菲莉亞的態度很「有問題」的青梅竹馬索恩。

——菲莉亞……會不會在將那個金髮魔法師的記憶淡化的同時，對我的情感也淡化了？

歐文越想越心驚，他感覺自己或許犯了一個非常嚴重的錯誤。

——現在立刻去找菲莉亞？

——可菲莉亞已經是職業勇者，有可能在大陸的任何地方執行任務，難道先回王城守株待兔嗎？但那樣需要的時間太長了……

突然，歐文心尖一動，想起了什麼。

只遲疑了一秒，他就飛快的跑到書房裡，在抽屜裡一陣翻找，然後找出了一封信。這封信是在他離校以後，從冬波利寄來的——伊蒂絲教授和查德教授的婚禮邀請函。

毫無疑問，菲莉亞有很大的可能性會出席這個婚禮，那麼他只要……

「兒子！」

正當歐文捏著信舉棋不定的時候，大魔王猛地撞開門跑了進來，嚇得歐文一把將信塞回了抽屜裡。

「怎麼了？」歐文心虛道。

如果要去婚禮上見菲莉亞的話，城堡這裡的公事勢必要請假了，因此，作為父親兼上司的伊斯梅爾這時候出現，著實把歐文嚇了一跳。

大魔王並沒有看出歐文的不對勁，他此刻的心情相當興奮雀躍，「兒子！你媽媽終於答應要和我一起去旅遊啦！╰(*°▽°*)╯」

歐文：「……哦。」

大魔王：「你不為我們開心嗎？QAQ」

歐文：「嗯……」

兒子冷淡的反應並沒有讓大魔王的激動冷卻下來，他繼續高興的計畫道：「我們明天就出發！大概過個一、兩年回來吧。城堡這裡的事就交給你啦！」

說著，大魔王拍了拍歐文的肩膀，一副準備委以重任的樣子。

歐文嘆了口氣，倒是沒說什麼。

反正這兩年來，伊斯梅爾也經常偷摸著在工作時間出去玩，最近一陣子，城堡裡的公事幾乎都是他在做了，大魔王只不過偶爾拿來檢查一下。其實就算大魔王不在，也有魔族的大臣們把關。

想了想，大魔王不在反而有利於他暫時離開，使用魔法的話，他去婚禮上見菲莉亞說不定只需要一天時間，第二天再把欠的工作補上就是了。

於是，歐文不準備反對，他只是義務性的問道：「你們準備去哪裡？」

「北邊吧！現在極夜的時間已經很長了，北方會很漂亮噠！」伊斯梅爾開心回答，「那就一、兩年後再見啦，兒子！」

不知道為什麼，歐文總覺得大魔王歡欣雀躍的表情看起來稍微有點不對勁，但他暫時也不知道自家爸爸到底在琢磨什麼，因此頓了一下之後，仍然點了點頭。

不過，很快，歐文就知道不對勁的地方到底在哪裡了。

第二天，當他從自己床上醒來的時候，竟然發現自己的床頭放了一對魔王之角。角底下還壓著一張小紙條——

兒子：

我和你媽媽已經出發啦！魔王之角就留給你戴了。我們不在時記得每天都要吃早飯，然後戴好角去辦公哦，萌萌噠。(*/ω＼*)

愛你的爸爸，退位的大魔王伊斯梅爾・黑迪斯ヽ(*ﾟ▽ﾟ*)ノ

歐文「……」

▶◇◀◎▶◇◀

新魔王即位的事，在三天之內傳到了大陸的每個角落。不管是人類還是魔族，都在緊張而激動的議論這件事。

魔族就不多說了，這是直接更換領袖的大事，關係到整個國家各個方面的走向。而海波里恩的人民亦極其關注艾斯的動向，因為這有很大的可能影響他們接下來的生活。

老實說，儘管人類仍然崇拜勇者和武力美學，但此前成百上千年的戰爭已讓人疲憊，他們並不想有大規模衝突，更何況海波里恩現在的王族成員又十分懶散，一副靠不住的樣子。

上一任魔王的行事作風相當溫和，也主張和平，讓兩邊國家的民眾都不用擔心戰爭。可是大家都沒有想到，那個魔王竟然這麼快就退位了！那明明還是個很年輕的魔王，才四十歲出頭。魔力越強的魔族壽命越長，以魔王自然死亡的年齡來說，他明明可以繼續在位數十年乃至百年！

這麼不自然的現象，實在很難不讓一些人類的陰謀家們聯想到一些和宮廷權力鬥爭有關的不好方面。

一時間，人心惶惶。

不過，另一方面，魔族倒是要淡定許多。

他們早就深知自家魔王懶、討厭麻煩、恨不得找個衣櫃住裡面，與魔后什麼都不幹過完一輩子的本性，那傢伙提早退休再正常不過了。於是家臣、貴族和平民們都將注意力轉到了十七歲的王子殿下……不，新魔王身上。

當然，他們也並不是完全不擔憂。

要知道，作為魔王的獨生子，歐文幾乎是在所有人的溺愛中長大的。而且這位王子好像從八、九歲起就很少在公共場合露面了，一直被關在城堡裡——其實是去海波里恩讀書了——極少接觸實事的樣子，一直到十五歲以後才重新活躍起來。再說，他又那麼年輕，實在給魔族們提供了不少擔憂的理由。

▶◇◀◎▶◇◀

「歐文．黑迪斯？」菲莉亞遲疑的問道，明明是個從來沒有見過的魔族，但這個發音卻熟悉到了幾乎古怪的地步。

當然，像「歐文」這樣沒什麼特點的名字，撞名也不奇怪。魔王家族幾百年來都姓「黑迪斯」，跟「哈迪斯」唸起來有點相近應該……只是巧合而已……吧。

不知怎的，菲莉亞腦海中又浮現出年輕時的那個夢。她至今都想不通自己為什麼會在夢裡把歐文想像成魔族……呃，還是很帥的那種。

「嗯，是新任的魔王。」卡斯爾聽不見菲莉亞內心裡的話，他隨意拿起桌上的水，喝了一口，「唔……名字真耳熟啊。」

菲莉亞同感的點頭。但她一抬頭對上卡斯爾注視著她的視線，連忙又將目光移開。

果然，她還是不太敢和卡斯爾對視，總覺得十分尷尬。

瑪格麗特心不在焉的在玩桌上的紋路。

這時，尤萊亞道：「艾斯的那個王子，今年才十七歲。之前都在城堡裡被保護得很好的樣子，是很少露面的那種王族。對於他的能力，連魔族那裡都不是很說得準。」

卡斯爾恍然大悟的點頭。

他們是在來冬波利的路上碰到尤萊亞的，他剛訂完婚，正帶著那個長相甜美的未婚妻往王城走，恰巧和他們半路遇個正著。

聽說他們是要去參加老師的婚禮，他的未婚妻馬上提出想要加入他們，說是要為自己將來的正式婚禮收集資料。

尤萊亞沒什麼意見，所以一行三人就成了一行五人。

此時，尤萊亞的未婚妻正乖巧的坐在尤萊亞旁邊，雖然對勇者的話題完全聽不懂，卻仍然努力而期待的聽著。尤萊亞的未婚妻外貌上是典型的風刃區女孩，淺色的金髮和淺色的灰眸，只是個頭有些矮小，坐在有四分之一魔族血統的尤萊亞身邊，像隻小小的鵪鶉。

尤萊亞眼角的餘光瞥見未婚妻一臉懵懂，知道她聽不懂魔族王位更迭的話題，便揉了揉眉心，道：「不過關於那個王子的事，我知道的也不是很多。說起來，婚禮就是明天嗎？」

尤萊亞剛剛加入，又沒收到邀請函，對行程安排還不太清楚。

卡斯爾笑著點了點頭。

他們是兩天前抵達冬波利，大概是由於伊蒂絲教授的婚禮太稀奇的關係，不少人都從海波里恩各地湧回學校，冬波利這個小鎮從來沒有這麼熱鬧過。菲莉亞他們碰到了不少以前的同學，當時她還想著什麼時候真應該好好辦一次同學會。

菲莉亞想著：辦同學會的話，歐文有可能會來嗎？

▶◇◀◎▶◇◀

第二天，是個晴天。

現在是雪冬節期間，天氣還相當的寒冷，但溫暖的陽光和熙攘的人群將這份寒意緩解了不少。

為了觀看伊蒂絲教授和查德教授的婚禮，不僅是畢業已久的學生們從全國各地趕來，不少本來可以在假期回家的在校生也選擇留在學校裡。

婚禮原本定在學校的禮堂裡，但因為座位實在容納不下如此多的觀眾，因此只好選擇在教學區的空地臨時搭了一些設置，包括花型拱門和座位。不過，座位仍然是不夠的，但這樣的安排，大部分學生可以爬到教學樓和鐘樓從上往下看。

因為有請柬的關係，菲莉亞能夠在座位上觀看婚禮。她的位置在學校教師和一些更年長的畢業生之後，就在卡斯爾和瑪格麗特的旁邊，尤萊亞和他的未婚妻因為是沒有受邀而來，所以跟著其他學生們一起爬到鐘樓上。

上午九點鐘的鐘聲敲響，穿著禮服的伊蒂絲教授在漢娜教授的牽引下走出來。她剛一出現，菲莉亞便眼前一亮。

算起來，伊蒂絲教授今年已經三十多歲了，但或許是因為心態很好的關係，外表和幾年前似乎沒什麼不同，反而多了點說不出的味道。她那頭迷人的紅色大捲髮仍然披在身後，身上的白色婚紗十分簡潔，沒有過多的裝飾。她的腳邊跟著一個滿臉緊張的四、五歲小女孩，穿的禮服是一層層的紗，看起來比新娘本人還要繁複很多，她手裡捧著一把臉大的花束，搖搖擺擺的跟著伊蒂絲的步伐。

大概是為了配合小女孩的腳步，伊蒂絲走得很慢。她的神情中有著以前所沒有的溫柔氣質，這使她臉頰的稜角都溫和了許多。

——這個人真的是伊蒂絲教授嗎？

菲莉亞不禁恍惚。

不過，如果還是以前的伊蒂絲教授的話，大概不管怎樣也不會結婚吧。

婚禮是由校長親自主持的，因為伊蒂絲走得慢，查德教授和校長都在那裡乾等著。儘管如此，查德臉上仍然是止都止不住的笑意。這也是個稀奇的畫面，要知道查德教授比漢娜教授還要更擅長板著臉，平時最常見的神態是皺眉。

伊蒂絲走過菲莉亞身邊的時候，菲莉亞聞到她身上一股淡淡的清香。在以前，伊蒂絲更喜歡濃郁一些的香水。

雖說現在海波里恩居民的信仰大多很薄弱，對傳統婚禮的儀式禮節沒有特殊要求，反倒覺得國家正式機構的登記註冊更重要，甚至還有些叛逆的新人會索性來個魔族式婚禮，不過伊蒂絲教授和查德教授的婚禮卻偏向正式傳統。

老校長親自唸了一大段的誓詞，在伊蒂絲教授和查德教授彼此宣誓之後，他們互相交換了戒指，算是儀式完成。

站在旁邊的小女孩也終於鬆了口氣，昨天菲莉亞聽尼爾森教授說，這個孩子一直擔心她媽媽會在婚禮中途突然把頭紗一扔，然後直接踩著高跟鞋扔下她和她爸跑掉。

伊蒂絲教授教的課程裡可是包含著刺客教育，比跑步敏捷性的話，缺乏運動的魔法師絕對追不上她。

儀式結束，大家都鼓起掌來，菲莉亞也跟著鼓掌。伊蒂絲教授面頰上有幸福的容光，她還是很為伊蒂絲教授高興的。

忽然，就在這時，在查德教授和伊蒂絲教授的正上方，一個巨大的、旋轉著的魔法陣忽然浮現出來，並且魔法的光澤變得越來越強烈，那種顏色一看就知道是強大的冰系魔法師的手筆。

瑪格麗特皺了皺眉頭。

卡斯爾亦露出疑惑的表情，問道：「那是什麼？查德教授還準備在這裡用魔法放煙花嗎？他的魔法能力……」什麼時候這麼強了？

卡斯爾沒有繼續說下去，因為查德教授本人也露出驚詫的表情，同時下意識的將伊蒂絲教授和小女孩護在身後，他顯然並不知情。

這是一個連菲莉亞這種對魔法一竅不通的人，都能察覺到的非常強大的冰系魔法陣。它不僅很大，而且還在不停的增長，很快就覆蓋了半面天空。

天色驀然變暗，雲層團聚起來，期間還隱隱夾雜著雷電。在場許多賓客都是職業勇者，出於職業本能，所有人都不約而同拿出了武器。

菲莉亞也一樣，她緊張的望著沒有徵兆就突然出現的魔法陣，將重劍緊緊握在手中，準備應對隨時可能出現的危機。

突然，站在菲莉亞身邊的卡斯爾臉色一變，大叫：「菲莉亞！」

還沒明白過來發生了什麼事，菲莉亞背後傳來有些熟悉的清清涼涼的味道，她感覺眼前突然一黑——

她腳下所踩的，便不再是冬波利學院的地面。

第三章 與歐文的，初吻

輕飄飄的腳重新踩上陸地也就是片刻的事，儘管已經腳踏實地，但菲莉亞感到覆蓋在她眼前的黑幕卻始終沒有消失，有雙手不輕不重的遮著她的眼睛。

老實說，她並不是掙脫不開，但她總覺得背後遮著她眼睛的人也十分猶豫的樣子，而且對方還有一股奇怪的熟悉感。

兩人僵持了幾秒鐘，菲莉亞遲疑的開口：「……歐文？」

對方一動也不動，沒有任何回應。

菲莉亞原本的六分確定現在只剩下了四分，她忍不住懷疑把她從冬波利擄到這個不知道是哪裡的人，會不會其實只是一根柱子？

但是……後背隱隱傳來清涼好聞的氣味，那是她所熟悉的歐文的氣息。哪怕並不是很肯定，這個可能性仍然讓她的心臟不可抑制的怦怦直跳。

其實歐文本人的心情也很複雜。

他施展的那個非常巨大的魔法陣吸引了婚禮現場所有人的注意力，實際上那個魔法陣並不是針對地面，而是針對天空的——它能製造烏雲、閃電以及旋風，看上去很厲害的樣子，實際上卻沒有攻擊性——趁所有人都盯著魔法陣的時候，他偷偷出現將菲莉亞抓了過來。

——把菲莉亞，抓了過來……ORZ

歐文當時只想著能夠再見一次菲莉亞就好了，別的什麼都沒有考慮。現在他朝思暮想的菲莉亞的確在他的斗篷中，可他卻完全不知道下一步該怎麼辦了。要知道，一旦他拿開手，菲莉亞看見的就是魔王的辦公室，以及一個貨真價實的魔王。

歐文不安的掃了一眼乾淨明亮的如同鏡子的玻璃窗，上面映出他自己的身影。此刻他可不是菲莉亞熟悉的那個總是面帶微笑的金髮灰眼的男孩，他有著魔族的黑髮和魔族的紅眸，頭上還戴著一對只有魔王才會戴的角！

歐文緊張到不知該做什麼才好，他草擬了很多告訴菲莉亞關於他真正身分的講稿，還有好多問題想要親口問她，但此刻卻一個字都吐不出來。

奇怪的是，菲莉亞竟然也沒有任何動作，絲毫不掙扎。

歐文低下頭，他看見菲莉亞安靜的在他的斗篷下，雖然眼睛看不見，但好像一點都不害怕的樣子，胸口平穩的起伏證明她正乖巧的等待著他的下一個動作。

歐文猛地將放在菲莉亞胸脯上的視線收回來，這時他才意識到自己將菲莉亞帶回來後，放在她腰上的手還沒有收回，頓時掌心簡直熱得要燒起來似的，手卻不知道該繼續擱在原地還是趕緊放開。

還沒等歐文想好怎麼處理這一隻手，捂著菲莉亞眼睛的手也跟著燙了起來。

——菲莉亞柔軟的皮膚、溫暖的體溫就和夢中一樣美好……

歐文心一橫，並沒有移開放在菲莉亞眼瞼上的手，反倒直接俯身吻了下去！

然而——

「王子殿……啊，不對，陛下，陛下！」

門外傳來女僕慌張的叩門聲和無助的喊叫聲，使得歐文硬生生停下差幾公分就要完成的動作。

「城堡門口忽然出現好多帶著武器的勇者！怎麼辦啊？他們看上去好強啊！護衛隊和將軍大人先趕過去了，陛下，您的指示呢？」說著說著，門外的女僕似乎已經帶上了哭腔。

歐文聽到她的報告，心中訝然。儘管早就清楚會有人來追菲莉亞，至少以卡斯爾的責任心一定會過來，但他無論如何都想不到他們會來得如此之快。人類的魔法水準做不到遠距離的瞬間移動，更何況按照女僕的說法，來的人顯然不全是魔法師。

再說……他們怎麼知道是他抓走菲莉亞的？

歐文不解的皺起眉頭。

不過……如果是卡斯爾他們的話，應該不會在弄不清楚的情況下盲目動手。

歐文想了想，猶豫的看了眼懷裡的菲莉亞，還是開口道：「……讓護衛隊不要攻擊，放他們進來，讓他們暫時到會客室等候，我會親自接待他們。」

聽到頭頂上很近的地方傳來的聲音，菲莉亞心頭一跳。

「……是、是的！」對於歐文這麼奇怪的命令，門外的女僕明顯愣了幾秒。但她仍然用最快的速度反應過來，拎著裙子領命跑開。

又只剩下僵持的菲莉亞和歐文了。

歐文遲疑了一會兒，果然覺得自己還是沒準備好怎麼和菲莉亞說，於是下意識的又想拖延一下——先去找幾個女僕來照顧她，等處理好卡斯爾那邊再好好跟她談之類的。

但歐文剛一動，就發現他的袖子被菲莉亞抓住了。

「……歐文？」菲莉亞又問了一遍，這次語氣中多出不少篤定。

歐文捂著她眼睛的手緊了緊。

這個小動作給了菲莉亞極大的信心，在沒有等到回答的情況下，菲莉亞一把拉下歐文遮在她眼上根本沒用力的手，趁著對方驚愕的剎那，她一把勾住他的脖子吻了上去！

由於慣性，菲莉亞勾住歐文的同時，身體無法控制的後仰，後背不知不覺撞上了牆面。

歐文的大腦一片空白，但嘴上傳來的甜蜜氣息卻在瞬間奪去他的理智！下一秒鐘，他俯身將她按在了牆上！

「唔……嗯！」

菲莉亞撞到牆時感覺有點痛，但悶哼聲卻融化在唇齒之間。他們說不清哪一方更主動，只是追尋著本能在行動。

歐文原本感到一股強烈的不安——菲莉亞剛才好像還是沒有看清楚他的樣子——但這份不安又在此刻的甜美中丟盔棄甲，讓他無法啟動理性再去思考別的東西。菲莉亞正勾著他的脖子，柔軟的身體緊緊貼著他；她身上傳來香甜的氣息，跟著舌尖一起傳遞過來。

她剛才吃了婚禮上的蛋糕嗎？這是奶油的味道嗎？

歐文有一刻害怕自己是在夢中，但太過真實的溫暖和柔軟填補了他過往夢中那模糊的想像。他忍不住更深的低下頭，同時捧住她的後腦杓，好讓兩個人之間的距離更放縱的縮短，好讓他方便侵占她口中所有的領土。

這個時候，儘管是菲莉亞自己主動點的火，但她卻不禁開始後悔了。

勾著對方脖子的雙手已經有些快抱不住了，要不是歐文還托著她的身體，她說不定會兩腿一軟摔在地上。

身體陌生的反應令她驚慌，菲莉亞想要後撤掙脫，卻只引得對方越發逼近。她的後背毫無縫隙的貼著已經被體溫焐暖的牆壁，前面則貼著另一具身體，隔著布料都能感到對方灼熱的體溫。

「唔……嗯……嗯……」菲莉亞掙扎著，推著對方，想要找到呼吸的機會，但不知是被吻得手臂發軟還是本能的害怕會傷到對方，始終沒有推開。當她好不容易從深吻中掙脫，又會被吻在鼻尖和嘴角邊的細碎親吻弄得下意識屏住呼吸。她的臉頰早已漲得通紅，由於喘不上氣，呼吸也不禁侷促了很多。

菲莉亞：你都不用呼吸的嗎？QAQ

然而越是慌亂，就越喘不上氣，菲莉亞的一隻手胡亂揪著對方的衣服，另一隻手被捉住按在了牆上。她因為缺乏氧氣，意識開始混沌不清，正當她以為自己就要窒息的時候——

「陛下！我們已經把那些勇者都——啊啊啊啊！對不起啊啊啊！」

門外女僕一把門撞開，就被辦公室裡年輕的魔王將一個明顯是人類的女孩子強壓在牆上親吻的畫面驚到了，她的臉瞬間紅成一片，尖叫著又奔出了門外。

歐文：「……」

菲莉亞總算可以大口暢快的呼吸了，只是視線還有些朦朧。她發現眼前晃動的是一團黑色的影子，一點漂亮的金色都看不到，她心中一慌，連忙重新擦了擦眼睛。

視線漸漸清晰，魔族外貌的青年呈現在眼前。

菲莉亞呆愣了一瞬，儘管大腦仍然是短路狀態，但她還是很快認出那一張的確是歐文的面容，同時……對方還穿著被她掙扎中揪亂的黑袍。

菲莉亞的臉一熱。

歐文倒是勉強能保持鎮定，畢竟被女僕看到和他把菲莉亞擄來並親吻她，這兩件事的刺激程度根本無法相提並論。

只不過，他雖然還保持著把菲莉亞壓在牆上的動作，但他好像更不敢看向菲莉亞了。

歐文眼神躲閃，僵硬的鬆開了對方。至於菲莉亞……她因為被突然衝進來尖叫的女孩子嚇到，反而忽然恢復了體力，帶著滿腦子疑問的揉了揉手腕，低著頭轉身面壁。

如果可以的話，她更想拿腦袋磕一會兒牆，看看能不能清醒點。

沉默了一會兒，女僕又在門外小心翼翼的敲門問：「那個……那個……陛下，您的事情辦好了嗎？」

歐文：事情辦好是什麼鬼！聽起來很不對勁啊！(╯‵□′)╯︵

「那個……按照您的吩咐，勇者們已經在會客室裡等待了……那個，他們看起來好像很不耐煩……」女僕小聲的繼續說道，而且越說聲音越小，「陛下您若是方便的話，能不能，能不能……」

歐文不敢看身後菲莉亞的表情，硬著頭皮理了理衣服，尷尬道：「……妳先進來吧。」門把「卡嚓」一聲被擰開，女僕低著頭進來了。她小心的瞄了一眼房間裡的兩個人，然後又連忙低下頭。

歐文生硬的說：「那個……妳照顧一下這、這個人類女孩。我先過去看看。」

女僕一陣猛點頭。

接著，她感到新上任的魔王陛下以一種微妙的速度飛快走出了辦公室。女僕偷偷回頭看了一眼。

——總覺得……陛下好像在逃跑呢。_(:3)∠)_

▶◇◀◎▶◇◀

不久之前——

「菲莉亞！」

卡斯爾瞳孔一瞬間收緊，他用最快的速度想要去抓菲莉亞，但還沒等他碰到對方，菲莉亞就整個人被捲入黑色的斗篷之中原地消失了。

剎那間，他的心臟就像突然被掏空了一樣。

他眼睜睜看著菲莉亞被一個連臉都看不清楚的傢伙抓走，卻什麼都沒有做到！

——該死！

卡斯爾握著劍的手不自覺的攥緊，劍柄上的紋路都條條印進掌心裡。

這時，其他人才反應過來。瑪格麗特儘管臉部還保持著冷靜，但神態和動作都能感覺到她明顯慌了，她不停的朝周圍看去。

坐在前面座位的尼爾森教授撞翻幾排椅子衝了過來，抓著卡斯爾的胳膊問道：「菲莉亞呢？她被抓走了？怎麼會……就在剛才嗎？」

「嗯，就在大家都在看魔法陣的時候。」卡斯爾努力平復著呼吸讓自己保持理智，「從我們後面忽然冒出來一個渾身裹著黑色魔法袍的人，抓走了菲莉亞。」

此時再看天空，那個將這裡弄得天昏地暗的魔法陣已經完全消失不見了，取而代之的是普通的晴朗天空，因為接近中午，太陽似乎還升高了一些。

卡斯爾頓時明白之前的巨型魔法陣恐怕只是吸引大家注意的幌子，不禁對自己的遲鈍感到懊惱。

但不管怎樣，他必須在菲莉亞真的出事之前，將她找回來！

尼爾森教授追問：「你看到那個人的長相了嗎？他往什麼地方跑了？」

「沒有，我沒有看清楚臉。你們呢？」卡斯爾焦急的向周遭問了一圈，但大家都驚魂未定的搖頭。他頓了頓，繼續說：「那傢伙用了個奇怪的魔法，直接從這裡消失的，所以不知道他去了哪裡……魔法移動的距離應該不會很遠，我想還在附近。」

用力追的話，還追得上！

卡斯爾面上鎮定，心裡卻燃著一把火，這把火讓他一刻都不想耽擱，只想快點把冬波利都跑一遍，找到魔法落點的痕跡，然後找到菲莉亞。

尼爾森教授不懂魔法，他下意識的看向剛剛跑過來的查德。查德教授今天穿著合身的禮服，看上去比平時更正經優雅。

自己的婚禮上竟然出現這種事故，查德顯然認為他應該為此負責，因此眉頭鎖得很緊。他扶了扶眼鏡，略一點頭說道：「嗯，如果對方是人類的話，剛剛擺出那麼大的魔法陣勢，再帶著一個人逃走，用魔法移動的範圍應該不會超出學校，我們可以分頭去找。不過，如果對方……」是魔族的話……

沒等查德說完，尼爾森教授和卡斯爾都已經有些按捺不住，準備各朝一邊去找了。

卡斯爾心急如焚，但他還沒來得及行動，就看見面色慘白的尤萊亞扶著他的未婚妻慌慌張張的跑了過來。

「卡斯爾！」尤萊亞神情緊張的叫住了他，「這裡……這裡……」

「菲莉亞被抓了！」卡斯爾不想耽誤太多時間，他極為簡單的打斷尤萊亞的話，「她可能還在學校內，尤萊亞，幫我們一起找吧！」

「不、不，等等，卡斯爾！」眼看隊長急著要走，他難得會這麼急性子，尤萊亞連忙叫住他，「我剛才在這裡感覺到一股很強大的魔法氣息……」

「我知道！」卡斯爾不自覺的拔高了嗓音，他無法再忍耐時間的流逝了。

「不！人類是不可能有那種魔法的氣息的！」尤萊亞趕緊吼道，這句話成功截住了卡斯爾的腳步。

「你說什麼？」

「人類不可能有那種魔法的氣息……你們可能不明白，但魔族對魔力有特殊的感應，能夠感覺到不同個體間魔力強弱的區別。我有四分之一的魔族血統，所以也能感覺到一點。我很確定，剛才來的是個魔族，而且是很強的那種，我從來沒有感覺過那麼強的魔力，即使是以前感覺到的魔力最強的魔族，也比不上這一次。老實說，我覺得那個是……」

尤萊亞面露遲疑，但幾秒鐘後，他堅定下來筆直的注視著卡斯爾的眼睛，「能有那種程度的，哪怕在艾斯也只有一個——」他不安的停頓一下，又道：「只有魔王，只有魔王才可能做到。」

尤萊亞的聲音並不響亮，但他說完這句話後，周圍的所有人都詭異的安靜下來。

卡斯爾感覺自己被什麼猛地撞了一下，頭腦終於清醒起來。

「……魔王，歐文·黑迪斯？」他慢慢的從口中吐出這個名字。

「我不知道。」尤萊亞坦率的說，「可能是剛剛上任的那個新魔王。但其實我聽說上一任魔王伊斯梅爾並沒有死……我在海波里恩長大，沒有見過他們，分不清楚兩個魔王的魔法氣息。可不管是哪個魔王，應該都能輕鬆的把菲莉亞帶到艾斯。」

卡斯爾沉默了半晌。

不知什麼時候起，其他人的目光都不自覺的集中到卡斯爾身上，好像他才是這裡唯一一個有決策資格的人。

過了一會兒，大概有幾十秒鐘，他重新抬起頭，看向尤萊亞，道問：「尤萊亞，那種移動到艾斯的魔法，你能做到嗎？」

尤萊亞一愣，「可以是可以，不過……我能一次性動用的魔法沒有純粹的魔族那麼多。我也不建議你們在只有一、兩個人的情況下到艾斯去……」

卡斯爾問：「最理想的狀況下，你能帶多少人去艾……不，魔王的城堡？」

▶◇◀◎▶◇◀

歐文半逃半趕的匆匆前往會客室之際，女僕正在好奇的打量著菲莉亞。

因為在魔王城堡裡工作大多時候都很無聊，所以女僕之間通常要花很多時間來八卦。她曾經聽年長的女僕說過，現在的魔王陛下在還是王子的時候，一直很喜歡一個在海波里恩的學校裡認識的人類女孩。

——所以，這就是那個人類女孩嗎？

女僕興致盎然的看著菲莉亞。

以魔族少女的標準來看，菲莉亞簡直嬌小的不可思議。她擁有與眾不同的髮色和瞳色，相貌可愛而精緻，皮膚細膩而光滑，不過最令人羨慕的是，她的面頰不像魔族女孩那樣如同蠟一般白皙，而是泛著健康的玫瑰色，這使她看上去很有活力——當然，這也有可能是因為剛才被陛下按在牆上那樣親吻的關係。

女僕小心翼翼的觀察著菲莉亞，特別長久的將視線停在她淺色的頭髮以及明亮的淺棕色眼眸上，這是菲莉亞身上最明顯與魔族區別的部分。

——這女孩看上去十分不安的樣子，是不是因為和陛下親熱被看見了，所以在害羞呢？

女僕想著想著，簡直覺得有點小激動。她從小在艾斯長大，還是第一次見到人類。在她看來，相貌和魔族完全不同的菲莉亞，就像一個稀奇的大號洋娃娃。

「妳是陛下的女朋友嗎？」女僕暗暗興奮的問道。

忽然被詢問，菲莉亞這才從恍恍惚惚中清醒了一些。

「陛下」兩個字，讓她升起一股奇怪的陌生感。

老實說，看到歐文是魔族，菲莉亞竟然並不是很吃驚，反而有種「果然如此」的感覺，可能原本潛意識裡就隱隱有猜測到了，畢竟她以前就做過把歐文想像成魔族的夢。

但是，儘管「歐文．哈迪斯」和「歐文．黑迪斯」這兩個名字相似程度這麼高，真的聽到女僕喊他「陛下」，菲莉亞仍然有種極為不真實的感覺。

歐文剛才跑得太快了，她其實有好多話想問的。

雖然……當著他的面她也不一定敢問就是了。QVQ

等了半天，小女僕也沒等到回答，她不甘心的繼續問道：「菲莉亞小姐？妳是叫菲莉亞小姐嗎？妳是陛下的女朋友嗎？」

菲莉亞一愣，小女僕的問題組成成分太複雜了，她先是點了點頭，又覺得不太對勁的紅著臉搖了搖頭，最後還是感覺沒有表達清楚，這才道：「……我是叫菲莉亞，但我……不是歐文的……女朋友。」

女僕歪了歪頭，「可是陛下很喜歡妳呀，你們剛才難道不是在接吻嗎？」

面對如此直白的問題，菲莉亞不知怎麼接腔才好，只是臉更紅了。

同時她還感覺有點奇怪。雖說兩國現在是處於和平期，但人類和魔族並不是什麼能夠融洽相處的種族，沒想到眼前這個可能比她還小一些的魔族女僕對她一點惡意都沒有，還十分友好的樣子。

想了想，菲莉亞沒有回答女僕的問題，反而問道：「那個，妳知道我叫菲莉亞？」歐文剛才明明沒有提過她的名字。

「嗯，我是用猜的！」魔族女僕輕易的就被轉移了話題，她高興道：「不過知道妳就是菲莉亞小姐真是太好了，想不到這麼快就能見到妳呢，還是在新魔王陛下的辦公室裡！」

菲莉亞現在聽到「魔王」和「辦公室」之類的字眼就忍不住臉紅，總覺得對方是在暗示些什麼。不過，女僕滿臉不正常的雀躍引起菲莉亞的注意，她不禁開始等待對方的下文。

女僕活潑的朝菲莉亞眨了眨眼睛，「偷偷告訴妳，上一任魔王陛下伊斯梅爾大人其實在離開前悄悄留了信給我，說是見到被歐文陛下帶回來的一個名叫菲莉亞的人類女孩，就將信交給她。這封信連歐文陛下都不知道的！」

女僕說話的時候，故意壓得很小聲，一副說秘密的樣子，然而菲莉亞卻一臉不明狀況。

——前魔王留了信給我？可是為什麼……等等，前魔王陛下……就是歐文的父親，是以前見過面的那個魔法師大人嗎？！

想不到自己這麼早以前就見過貨真價實的魔王，菲莉亞頓時風中凌亂。

然而女僕渾然不覺她的心情，熱情的繼續說道：「妳在這裡等我一下！我這就回去拿！對了，妳渴嗎？我可以順便倒杯水給妳。」

菲莉亞一愣，抿了抿脣，她還真的有點口乾了。雖然有些不好意思麻煩別人，但考慮片刻，菲莉亞還是點了頭。

女僕得到指示，便開心的跑掉了，也沒有考慮到菲莉亞沒有人看著，會不會趁此逃跑的可能性。

不久，女僕端著水杯小跑回來，她將水杯小心的擺在方便菲莉亞拿的地方，然後從口袋裡取出一封信，鄭重其事的交給菲莉亞。

「伊斯梅爾陛下把信給我後就和魔后一起走了，也不知道什麼時候回來。所以，這是他退位前最後一個指示，很重要的。」女僕頗為嚴肅的說著。

菲莉亞還記得歐文的父親，是個很親切的魔法師……呃，或者當時她以為是個魔法師。

疑惑著對方為什麼會特意寫信給她，菲莉亞拆開了信。

前任魔王瀟灑的字跡映入眼簾——

給人類女孩菲莉亞：

妳好。

我們以前見過幾次，妳還記得我嗎？

是這樣的，如果妳還沒有結婚的話，我想向妳推薦一下我們艾斯本地的好青年歐文・黑迪斯。這名字妳可能覺得有點奇怪，但多唸唸就熟了。這孩子蠢是蠢了點，但魔法天賦還是不錯的，心地也不錯，家裡有一座城堡。你們可以多聊聊天，交流一下個人經歷、興趣、愛好，增進一下瞭解啊。

總之，這個不成器的兒子就交給妳照顧了。ヽ(*°▽°*)ノ

退位的大魔王伊斯梅爾・黑迪斯

▶◇◀◎▶◇◀

當歐文踏入會客室的大門，一把銀劍就突然閃電般的橫過來，歐文倒不意外自己會被攻擊，但還沒等他和護衛隊的魔族行動，卡斯爾便站起來，一把攔住了想要逼出菲莉亞下落的瑪格麗特。

「冷靜點，瑪格麗特。」卡斯爾安撫道，將她重新按回座位上，然後將目光投向歐文。

歐文湊巧也不自覺的看向在人群中格外顯眼的卡斯爾，兩個人的視線跨過凝固的空氣，在半空中筆直交會。

卡斯爾的心情微妙的複雜。老實說，就跟菲莉亞一樣，在看見歐文以黑髮紅眸、頭上還頂著一對顯眼的魔王之角的姿態出現，卡斯爾並沒有多麼吃驚，反而有種「這樣一切就說得通了」的感覺。

——如果是歐文的話，菲莉亞肯定不會受什麼傷的。

知道魔王是歐文，卡斯爾多少鬆了口氣，但是……心裡始終有種對命運既不甘又無奈的失落感。

——歐文最後還是回來了，並且帶走了菲莉亞。

卡斯爾的金眸暗沉下來，他抿了抿唇，道：「……歐文，好久不見。」

「卡斯爾學長。」歐文同樣語氣不太自然的回應道。

對歐文來說，他現在不必偽裝了，而且卡斯爾好像也並不是那個會毀滅艾斯的勇者，因此歐文對卡斯爾的敵意少了許多，現在純粹是因為以新身分見到很信任自己的學長的尷尬。

兩個人都好一會兒沒有說話。

這時，勇者中有人打破了沉寂。

「歐文？！等等，你是我想的那個歐文嗎？」

迪恩從人群中竄了出來，震驚的對著歐文上上下下打量，「天，還真是你！」在確定歐文的相貌五官沒有變化後，迪恩看起來更震驚了，「臥槽，你居然看起來一點都不娘……不對，臥槽！你居然是個魔族！等等，你不會就是讓我們在這裡等的那個什麼魔王吧？！」

「魔王」這詞一出，勇者團一陣譁然。瑪格麗特又把劍拔出來，被卡斯爾一把按回去。

由於他們的躁動，負責保護魔王城堡的魔族士兵們也重新在掌心點起魔法陣。頓時，戰爭彷彿要一觸即發。

歐文點了點頭，他環視周圍一圈，高聲道：「沒錯，我是魔王，歐文．黑迪斯。」

他話音剛落，不少人的情緒明顯激動起來——

「他就是那個魔王！」

「是他搶了一個女孩！」

「把女孩還回來！」

「我們一起上！殺了他！為殺魔王而死，是作為勇者的榮耀！」

歐文早就料到肯定會有人對他不太友好，因此沒什麼特別的反應，反倒是迪恩皺了皺眉頭，不耐煩的衝著人群吼道：「都別吵！閉嘴！沒見這是校友嗎！」

人群被迪恩驚人的氣勢弄得剎那間安靜下來。

迪恩吼完後，又扭回頭震驚的看著歐文，「歐文，真想不到你是這種富二代！太喪心病狂了！你平時看我和奧利弗攀比的時候，是不是一直在嘲笑我們？」

迪恩和奧利弗他們兩家因為出生關係比較密切，貴族地位也比較相近，差不多是一起長大的，兩人常常會互相攀比，有時候歐文看他們也的確覺得他們很無聊，但……

歐文：「你的重點不太對吧？」

迪恩一臉迷茫，「哪裡不對了？難道你不是富二代？」

歐文：「……我是魔王，你就不考慮怕我一下嗎？」不管怎麼說，這傢伙表現得也太隨便了吧喂！＝＝

不過，歐文對迪恩的說話方式，還有和他的相處方式，都有幾分懷念。

「哈哈哈！別逗了！怕你幹嘛？你是歐文啊！」迪恩大笑起來，還順便捶了一下歐文的肩膀，不過歐文現在比他高了不少，因此迪恩不得不將手臂抬起來，「對了，這麼說來，菲莉亞好像是你抓的吧？想不到你憋了這麼多年終於還是幹出這種事了，嘖嘖嘖，沒想到你竟然是這種魔王。菲莉亞呢？」

剛一問完，迪恩突然意識到了什麼，眼睛頓時瞪得很大，懷疑的看著歐文，「故意抓菲莉亞，還讓我們等這麼久，現在菲莉亞又沒有出來，你剛才……不會是幹了什麼吧？」

歐文：儘管是幹了點什麼，但不是你想的那樣！真的不是啊……雖然有點想幹。

沒等歐文開口辯解，迪恩已經一臉「我懂」的表情，然後高舉手臂拍了拍歐文的肩膀，同情的說道：「你絕對會被菲莉亞討厭的，難道好好的表白不行嗎？」

迪恩已經從傑瑞那裡聽說了菲莉亞其實也喜歡歐文的事，再加上他早就知道歐文喜歡菲莉亞。在他看來，這明明就是兩情相悅，只要表白就能 happy ending 的事……這兩個人竟然還拖到畢業？！歐文竟然還用搶的？！他們是傻瓜嗎？！

這樣看來，根本不用什麼勇者，歐文這等情商的魔王自己就能把艾斯玩死了吧。

至今仍然是單身的直男迪恩表示極為不能理解情侶的思維。

在迪恩毫不掩飾他完全無法理解的目光注視之下，歐文尷尬的別過視線，試圖掩飾自己隱隱發燙的側臉。

卡斯爾穩了穩情緒，儘管他沒有把劍抽出來的意思，但手仍然不自覺的握緊放在腰側的劍柄。他問道：「嗯，這個問題我也想知道。你將菲莉亞帶到這裡來了嗎？」

「是。」歐文的老臉很紅。

其實現在想想，直接將菲莉亞一起帶到會議室來證明自己沒有惡意，才是眼下這個狀況最好的解決方式。不過，當時歐文才剛剛從那個激烈的吻中清醒過來，思路實際上並不怎麼清楚，而且……他那時下意識的第一反應就是不敢和菲莉亞繼續待在一起。

歐文知道，菲莉亞睜眼的時候，才是她第一次好好看清楚自己作為魔族的樣子。說不定她受到了驚嚇，說不定她覺得很可怕或者厭惡……只不過菲莉亞是溫柔的人，所以沒有立刻說出口而已。

歐文不敢看她的眼睛，一方面是因為尷尬和羞澀，但另一方面，也是害怕從她那雙漂亮的眼眸中看到排斥的情緒。

停頓了一會兒，歐文才補充道：「菲莉亞暫時在其他房間裡休息，有個女僕在照顧她。我等一下再帶她過來。」

「嗯，她沒事就好。」卡斯爾點了點頭。

他現在對歐文明顯沒有原本那麼信任和親熱了。而歐文則隱隱感到卡斯爾金色的眼眸中似乎還有些戒備。

歐文清楚自己作為魔王的確太過敏感，畢竟卡斯爾的父親還曾殺死過他的爺爺，儘管這件事對於歐文和他那位寄了幾十封感謝信給傳奇勇者的爸爸來說都沒什麼影響，不過卡斯爾未必會知道，他的反應是正常的。

在西方高原實習的時候，歐文和卡斯爾之間已經培養出了一些默契。如今這些默契蕩然無存，歐文稍稍有些失落，但也沒什麼大不了的。

此時跟來救人的勇者們又有幾分蠢蠢欲動，歐文大致觀察了一下他們。他們之中有老師也有學生，不少人都很眼熟，比如體型醒目的尼爾森教授，他站在相對後面的地方，警惕的觀察著歐文；此外，菲莉亞的室友貝蒂亦在其中，她的手還搭在弓弦上，並未放鬆戒備。

相較於精神緊張的其他人，迪恩對他的親熱和信任真是相當令人感動。

見歐文注意人群，卡斯爾稍稍側身，隱約做出保護他們的姿態，解釋道：「當時我們召集人手比較急，尤萊亞能在短時間內帶來的人也有限，所以相對來說這個臨時勇者團隊的成員比較散亂……不過，大多都是認識菲莉亞的人。」

卡斯爾頓了頓，又道：「對了，尤萊亞是個四分之一混血的魔族，是和你同一屆的王城勇者學校的學生，現在是我勇者團隊裡的成員。他轉移最後一個人，回海波里恩以後就沒有回來，可能是需要恢復一下，所以暫時不在這裡。」

歐文略一點頭。他還記得尤萊亞，畢竟對方當年在學院競賽時名次很好，又在那個詭異的「團隊比賽」中合作過；再說，魔族和人類的混血本來就少見，歐文很難對他沒有印象。

比起尤萊亞，他的注意力更多還是在其他跟過來的勇者身上。

學生時代菲莉亞認識的人，歐文也全部都認識，沒有例外。但現在過來的這些人裡，大部分都讓歐文感到陌生。他不認為自己的記憶力很差，想來是畢業後的這兩年，菲莉亞又在校外結識了一些是校友的勇者吧。

從未如此清晰的意識到自己缺席了菲莉亞兩年的人生，歐文不禁有些懊惱。

這時，卡斯爾又道：「對了，歐文，我們來之前，我和尤萊亞約定過，等他耗空的魔力恢復後，他還會繼續送更多願意幫助菲莉亞的勇者過來。所以，接下來你這裡可能還會有不少人抵達。既然你確實沒有惡意的話……我很抱歉，歐文。」

「該道歉的是我。」歐文乾脆的回答。

畢竟本來就是他在老師的婚禮上抓走菲莉亞，才會惹出這種勇者大規模入侵魔王城堡的事情來。

選擇使用這個方法時，他以為不會有人想到是他這個魔王抓走了菲莉亞，更不認為這麼快就有人追過來，他完全沒料到參加婚禮的人中竟然會有尤萊亞。

想了想，歐文緩緩的說道：「到時候我會讓門口的守衛放他們進來，我們乾脆開一次同學會吧。」

第四章 你們正式在一起了？

同學會並非是歐文隨口一說的事，在魔王城堡裡召開一次勇者學校的同學會，而且歐文並不準備隱瞞這個消息，因此這實際上具有很強的政治意味。

首先，這彰顯了歐文作為一個新上任的魔王對於人類的立場。這也是從歐文戴上魔王之角以後，整個大陸的居民都十分關心的事。

其次，這也是魔王展示自己實力的一種方式。他藉此告訴其他人，儘管他年輕，但以自己的實力並不畏懼勇者，哪怕大批血氣方剛的勇者直接進入他的城堡也不怕。這樣以後，某些因為新魔王年紀不大就想趁火打劫的人在動手前就會掂量一下。

當然，魔族的大臣和貴族中不乏有反對者，歐文的行為危險係數還是很高的，大家反對的理由也非常顯而易見——

以前從來沒聽說有魔王熱烈歡迎勇者到自己城堡來的啊喂！難道這位新的魔王陛下表面上看起這麼認真正經，但本質上和他爹一樣是個猴子派來的蠢蛋嗎？！Σ(っ°Д°;)っ

不過，保守派的反對聲音最終被歐文以及其支持者壓了下去。

出於保險，歐文有讓德尼祭司事先占卜過，確定不會出什麼問題之後，這個決定終於拍板敲定。

於是幾天後，本來是過來救人的勇者們一臉懵然的被魔王城堡的護衛請到了城堡裡好吃

好喝，還見到了已經住在城堡裡數日的卡斯爾一行人。隨後，又有一些被歐文發了邀請函的昔日同學，被派出去的魔族直接帶來了城堡，他們中有一些人還以為自己遭到魔族的綁架。

慢慢的，聚集在魔王城堡裡的勇者數量越來越多，同學會真的舉辦起來了。

▶◇◀◎▶◇◀

冬季的艾斯完全被黑暗籠罩，在遠古的魔族看來，這是夜之女神赫卡忒賜福的證明。在這幾個月裡，魔族的魔力會有一定程度的增長。艾斯的作物完全依賴魔法製造的光源和魔法提供的熱量生長，動物也大多具有冬眠或能在黑暗中活動的天性。

大概是分外皎潔的月亮掛在空中的關係，且城堡中到處都有用魔法灌以亮光的照明設備，儘管保持著長久的深夜，但城堡裡並不黑暗，反而讓人覺得奇異的明亮，就像是穿梭在螢火蟲的光芒中。

對魔族來說，這大概是習以為常的生活方式；但對菲莉亞來說，這一切都帶有陌生的異域色彩。

菲莉亞從走廊上穿過，走到了城堡的舞廳。這幾天，這裡被改造成了舉辦宴會的場所，不少勇者都在裡面交流和談笑。

說到同學會，自然就是吃吃喝喝加吹牛。

冬波利畢業生們被或抓或請或自己來到了城堡，然後經歷了最初的詫異、震驚、恐慌以及其他複雜的情緒後，都漸漸接受「新魔王是個前所未有的溫和派」這樣的設定，並自然的互相交流起來。宴會中提供了不少艾斯特色的食物，還有酒，許久未見的同學們都在大肆談笑，氣氛相當熱烈。

菲莉亞在密密麻麻的人群中掃了幾圈，沒有找到歐文，不禁有些失望。

沒錯，從歐文把她抓來的那天之後，她就沒什麼機會碰見歐文了，偶爾看見也只是匆匆對視。被歐文派來負責照顧她的女僕安慰她說，肯定是因為魔王陛下這幾天太忙了才會沒空和她見面，等最近在忙碌的事一結束，陛下就會主動來找她了。

菲莉亞心裡其實也有一點亂。她原本以為的一個人忽然變成了另一個人……不，另一個魔族，而且遠比她想像中的身分要厲害許多，這並不是一時半會兒就能輕易接受的事。

大概是看著她顯得無聊的樣子，領了命令照顧她日常起居的女僕便偷偷把歐文從小到大的一些畫像拿來給菲莉亞看，跟她講起從其他地方聽來的歐文以前的事，以及魔族對歐文的看法。她口中說出來的所有事都令菲莉亞感到很驚奇。

原來在魔族眼中，歐文是這樣子的——

他相貌英俊、天資聰穎、謙遜禮貌，還由於是唯一的王子而備受期待。與在冬波利學院時的狀況不一樣，對所有魔族來說，他的長相不僅不娘，反而是相當古典標準的出眾外表。

兩人之間的差距比想像中更大。菲莉亞覺得她應該和歐文談談，如果歐文再不主動來找她的話……

她就主動去找歐文吧！大不了睡覺之前去敲他房間的門，肯定能逮到！

菲莉亞暗暗下定了決心，忐忑不安的內心終於也安定了不少。

此時，歐文其實被迪恩抓住了。

「歐文，你說奧利弗那傢伙是不是很過分？」迪恩把歐文抓到人相對少的角落裡，一手握著酒杯，一手拍著桌子，憤憤道：「他媽媽給他介紹了幾個貴族女孩，他竟然真的從裡面挑一個準備結婚了！」

聽到迪恩說這種他並不感興趣的八卦，歐文下意識的就想露出他習慣的那種微笑來敷衍過去，但剛要勾起脣角，忽然想起他已經不必再偽裝成一個合群的人類了。

……然後他就不知道該做出什麼表情才好。

幸好迪恩似乎已經喝了不少酒，坐在椅子上都有些搖搖晃晃的，因此沒有發現歐文的僵硬。他漲紅著臉，憤怒的將高腳杯一下拍在桌面上，吼道：「這樣子選的結婚對象，他會喜歡嗎？！而且！他不是前幾年還喜歡菲莉亞嗎！」

歐文：「……」

「他對自己的人生太不負責了！太隨便了！歐文，你說是不是！」迪恩一邊說、一邊有節奏的拍桌子，越說越生氣。

但桌子響完，他旋即又像洩氣了一樣趴回桌上，小聲的嘀咕：「那個叫什麼麗莎．霍爾的……那種無聊的女人有什麼好的……咦，說起來這個名字怎麼有點耳熟……」

「……是我們同一屆的同學，和菲莉亞同一間宿舍的。」歐文看著明顯喝醉的迪恩，揉了揉眉心，無奈道：「他們兩個要結婚了？」

「嗯……奧利弗他媽給他牽線的，說是幾個備選裡面條件最好、最合適的……」迪恩迷迷糊糊道，說著說著，還打了個酒嗝。

沉默幾秒鐘，迪恩又開始拿額頭磕桌子，真不知道他和這張桌子有什麼血海深仇。

「啊啊啊啊，奧利弗那傢伙竟然要結婚了啊！他竟然要結婚了！他竟然做決定了才通知我！完全沒和我商量！我剛才一直看他和那個什麼麗莎說話，都不知道怎麼上去和他聊天了啊！啊啊啊啊那個混蛋啊！」

咆哮完，迪恩猛地拿起酒杯，將裡面最後一點酒一飲而盡，接著憤憤丟地砸了個粉碎。

歐文：「……這是我家的東西。」他嘆了口氣，將鬧騰夠了終於不再動彈的迪恩丟到一旁的沙發上，然後隨便找了個女僕來照顧他。

當歐文起身，準備要去找菲莉亞時，忽然他的肩膀被從後面拍了一下。

「……喲。」

歐文一轉頭，正對上卡斯爾微笑的臉。有些驚訝對方會在這種情況下找自己搭話，歐文頓了頓，才道：「……卡斯爾學長。」

卡斯爾看了眼昏在旁邊的迪恩，笑了笑，問道：「有空談談嗎？關於菲莉亞的事。」

聽到菲莉亞的名字，歐文下意識一頓，他看了眼迪恩，對方已發出平穩的呼吸聲，又有女僕照顧著，應該不會有問題，於是歐文點了點頭，「好。」

兩人離開大廳，走到陽臺上，將陽臺門關上，宴會的喧囂頓時被隔絕在另一個世界中。畢竟是冬季，外面的風有些大，將卡斯爾和歐文的頭髮都吹得散亂。卡斯爾用魔杖點出小團火，讓它在陽臺上飄來飄去，算作是取暖和照明。

卡斯爾並不扭捏，對著夜色無奈的苦笑了一下，然後筆直的看向歐文。

「歐文，我喜歡菲莉亞。」

歐文：「——？！」

沒想到對方一開始就這麼直白坦然的說出這樣的話，而且是當著他的面說，卡斯爾的舉動跟宣戰也沒什麼區別了。

歐文的身體不可控制的抖了一下，瞳孔亦緊張的收縮。

當初知道奧利弗喜歡菲莉亞的時候，他儘管覺得不舒服，卻沒有像這樣的反應。卡斯爾是個強大的敵手，歐文一直都知道，正因為他從對方身上感覺到了作為對手的壓力，所以才會一開始將他當作是預言中的勇者。

事實上，即使到現在，歐文對於菲莉亞才是「那個勇者」的想法也僅僅只是猜測而已，卡斯爾仍然有可能是他最可怕的對手。

「哈哈哈！不過，我已經被拒絕了。」卡斯爾的目光毫不躲閃的直視歐文，「我想菲莉亞應該還是喜歡你的……唔，雖然她之前並不知道你是魔王。」

——這麼說卡斯爾已經向菲莉亞表過白了？

不得不承認對方的行動力比自己高太多，歐文心裡一緊，戒備道：「……所以，你是來主動認輸的嗎？」

卡斯爾淡淡一笑，露出虎牙道：「當然不是。老實說，我並沒有放棄。之前你不在，我認為我的機會很多，雖然現在你回來了，但……」視線輕輕滑過歐文的身形、黑髮以及那雙在夜色中隱隱發光的紅瞳，他繼續說道：「我想我仍有公平競爭的機會，在菲莉亞正式選擇你之前，我都不會放棄這種想法。」

歐文沒有說話，卻不自覺的抿了抿脣，同時拳頭暗暗收緊。

看著歐文的神情，卡斯爾目光柔和。其實他自己多少也感覺到了自己的勝算並不大，只不過是最後的掙扎而已。就算歐文換了樣子，氣質、身分亦有所改變，可他仍然是歐文，是對於菲莉亞來說有著與眾不同意義的男孩子。

想了想，卡斯爾問道：「歐文，你想不想和我交流一下？」

歐文知道他指的是和菲莉亞的事，仔細一想，除了卡斯爾，他的確沒有別的更好的傾訴對象。

跟迪恩那種粗神經的傢伙說，大概只會被打岔和嘲笑；和奧利弗討論會被打；至於前魔王和前魔后……且不說他們兩個此時尚不知道在哪裡，就算說了估計也只能得到一些沒什麼用的建議和慫恿。

在這種話題下，最好的聊天對象竟然是卡斯爾。

歐文頷首，「好吧。」

十幾分鐘後，一個魔王和一個備受矚目的勇者，都靠著牆坐在地上。

「哈哈哈！這麼說你是因為覺得真實的自己和菲莉亞的預期不一樣，當時才跑掉的？這幾天還躲著菲莉亞？」聽完歐文的陳述，卡斯爾將被冬天冷風吹亂的前髮撩起，大笑起來。

被對方毫不留情的嘲笑，歐文感覺臉頰有些燙，不太自在的說道：「你才比較奇怪吧？正常來說會因為覺得對方打架打得好而喜歡上對方嗎？」

「哈哈哈！我和你不一樣。你沒和菲莉亞打過嗎？我的血液從來沒有像那樣沸騰過。」

「……不會只是劇烈運動的錯覺吧？」

「我不至於連這點事都分不清。還有——」卡斯爾笑著勾住歐文的肩膀，「我不覺得我對菲莉亞的感情會比你弱多少，你這傢伙，不要在這種地方太傲慢了。」

歐文一時竟沒有辦法接話。他確實對自己對於菲莉亞的感情很有自信，自信到不會輸給任何人，但卡斯爾卻毫不留情的點出這是一種傲慢。

「不過，其實我覺得你在意的事情有點太多了。」停頓幾秒，卡斯爾又說。

歐文忍不住看向他，「什麼意思？」

「表現在別人面前的樣子，和自己認為的自己不一樣，不是很正常嗎？」卡斯爾揚起嘴角，自然的說道：「我有時候也會希望自己在夥伴面前看起來比實際上更可靠，哈哈哈！這一點都不奇怪吧。」

歐文一愣。

卡斯爾用大拇指戳了戳自己的心口，發亮的金眸在夜色中筆直的凝視著歐文，「難道你和菲莉亞在一起時，用的不是這裡的嗎？」他頓了頓，「就算菲莉亞真的喜歡上的是偽裝的你，除了把真面目給她看以外，你也沒有別的選擇，所以這有什麼好糾結的？」

沉默了一會兒，歐文忽然從地上站了起來，「抱歉，卡斯爾，你說得很有道理，我要先走了。」

「哈哈哈，再見。我很期待下次和你聊天。」

陽臺上的門被打開，旋即又被關上，宴會廳裡的光束一瞬間照亮了陽臺，又在幾秒後歸於幽暗。

卡斯爾望著魔界清澈皎白的月亮，無聲的笑了笑。

▶◇◀◎▶◇◀

「菲莉亞！」

歐文找到菲莉亞的時候，她正和瑪格麗特在一個角落裡說話。忽然聽到歐文那麼大聲的喊她，菲莉亞驚訝的回過頭來。

不過，回過頭的並不止菲莉亞一個人。

歐文今天雖然沒有戴上魔角，但大家基本上都見過他。歐文儘管舉辦了同學會，卻很少出現在醒目的地方，此時突然毫無徵兆的出現，實在很引人矚目，因此幾乎他一出現，就有不少人的視線落在他身上，並且低頭互相竊竊私語。

歐文卻沒有管這些。

卡斯爾的話讓他的頭腦前所未有的清醒……不，也許是過於激動反而分不清對錯了。之前他只不過是在一個人瞎想，從來沒有好好向菲莉亞表達過自己的意思。卡斯爾說的沒錯，他除了將真實的自己暴露給菲莉亞以外，並沒有其他選擇。

既然如此，與其患得患失，那還不如乾脆點，從菲莉亞那裡要一個準確的答案。

「菲莉亞。」歐文定了定神，一步步走向菲莉亞，「我……有話想和妳說。」

菲莉亞眨了眨眼睛，剛要走過去，瑪格麗特卻一把抓住她的手。她困惑的回頭，卻看見瑪格麗特深深擰著眉頭，小幅度的對她搖了搖頭。

「……魔王。」瑪格麗特對著歐文警惕的瞇起眼睛，同時壓低聲音提醒道。

儘管瑪格麗特的話說得很簡短，但菲莉亞仍然明白她是什麼意思。

瑪格麗特從以前就不太喜歡歐文，說他身上有種說不清的「危險」的感覺，然後事實證明她的直覺果然非常正確……

和觀察後決定信任歐文的卡斯爾不一樣，瑪格麗特始終對這個城堡和城堡的主人保持著戒備。在她看來，歐文在學生時代就很讓人不安的那張面具已經破裂了，誰知道他下一張面具什麼時候會破？讓菲莉亞和歐文單獨在一起實在太危險了。

菲莉亞看著像受刺激的刺蝟一樣對歐文豎起渾身尖刺的瑪格麗特，猶豫了幾秒鐘，還是輕輕拍了拍瑪格麗特的手，示意她放開。

「沒事的。」菲莉亞輕聲道，「他若要傷害我的話，把我抓過來的時候就可以動手了。而且，他是歐文啊。」

瑪格麗特手上的力道鬆了些。

於是，菲莉亞將自己的手腕從她手心裡抽了出來，在其他同學的注目禮中，跟在歐文後面，離開宴會廳。

走廊上無疑比大廳裡要暗一些，但明亮的月光從窗戶灑進來，在地板上鋪了一層純潔的銀粉。僕人們都在宴會大廳裡忙碌，因此城堡的其他地方分外空寂，像是什麼都沒有裝的盒子，似乎只有菲莉亞和歐文兩個人一前一後的腳步聲。

菲莉亞不清楚歐文要把她帶到哪裡去，因此，這份安靜顯得分外令人心慌。

他們從樓上走到樓下，從一條走廊走到另一條走廊，從城堡的這邊走到另一邊。終於，等菲莉亞發現自己已經是第三次經過同一個樓梯口時，忍不住出聲叫住了歐文：「那個，歐文，我們要去哪裡？」

歐文腳步一頓。難道他要說其實他也不知道要去哪裡嗎！(╯‵□′)╯

考慮到他接下來要說的話，去辦公室的感覺太奇怪了。若帶菲莉亞去自己的房間……更奇怪了。那去餐廳？菲莉亞好像在宴會廳那裡剛吃了自助餐……

——混蛋！為什麼這個城堡的選擇這麼少！果然還是因為太小了嗎！現在再建個優雅又不失情調的房間還來得及嗎！總不能和菲莉亞說「妳在這裡等等我先去建個樓」吧！再說城堡再大的話僕人就要迷路了啊！

——等等，要不去花園？花園好像還沒有考慮過吧？不不，花園這種地方太土了，會被母親嘲笑的……但好像的確沒有別的地方更合適了，而且來不及考慮了！再這樣下去，從菲莉亞的角度來看，我就要呆站在這裡一分鐘了！這也太傻了！

——要不，果然還是去花園？

「那個，菲莉……」

歐文剛要轉身，然而他的話還沒有說完，他忽然被一雙軟軟的手從背後抱住了。

歐文頓時感覺自己連心臟都要停了，菲莉亞的臉和身體都輕輕的貼在他背上。魔王城堡有魔法供暖，因此即使是冬天也不必穿得很厚，菲莉亞又沒有穿盔甲，她的體溫彷彿可以透過衣物若有若無的傳過來。

歐文根本不敢動。

感覺到自己抱著的身體好像僵直了，卻沒有任何反抗，菲莉亞壯了壯膽子，鬆開手，繞到前面繼續抱著他。她的耳朵貼在他胸口，然後聽到了兩個人幾乎同調的劇烈的心跳聲。

心臟跳得幾乎像要洞穿兩個人的胸腔然後貼在一起。

歐文慌亂不已。菲莉亞死死閉著眼睛貼在他的懷裡，看起來十分緊張的樣子。明明他才是被抱的那個人，自己卻緊張得不行，兩隻手不知道放在哪裡才好。僵持了好幾秒，他才小心翼翼的、不敢用力的將手放在菲莉亞背上。

感覺到回應，菲莉亞緊繃的後背總算放鬆了下來，她輕輕睜開眼睛，抬起頭，正對上歐文驚慌的紅眸。目光對上，歐文下意識的想要躲閃，菲莉亞卻忽然踮起腳、勾住他的脖子，飛快親了上來！

歐文被嚇了一跳，但與此同時，意料之外的甜蜜鋪天蓋地的湧過來，他的靈魂就像一下子被丟進了蜂蜜裡，連掙扎的餘地都沒有。他下意識的反摟住菲莉亞，根據身體自然的反應迷茫的回吻她，勾出她的舌尖、不敢太用力的吸吮她的嘴唇。

兩人的周圍像是被包裹了一層讓世界模糊起來的泡沫，恍惚中，歐文感覺自己好像和菲莉亞一起跌進了就近的某個房間裡，當他的後背貼上冰冷的門板，他才忽然有些清醒過來。

不對！他不是過來要把自己的事講清楚的嗎？！接吻什麼的……不是應該等菲莉亞把事情弄清楚以後再做的嗎！

生怕現在沒把事情說清楚，以後會更尷尬，歐文連忙把蠢蠢欲動的邪念和「索性就這樣和菲莉亞永遠在一起」的可怕念頭硬生生壓了下去，他握著菲莉亞的肩膀，輕輕的將她拉遠一點，急道：「菲莉亞，我有事想和妳說！其實我……」

被推開的菲莉亞有點難過的看著他，「……你不喜歡我嗎？QAQ」

——怎麼可能！怎麼可能不喜歡妳！全世界沒有什麼比妳更可愛更招人喜歡的了！

歐文的腦子瞬間就炸了。他剛才是想說什麼來著？算了管他的……

歐文連忙將菲莉亞摟了回來，毫不猶豫俯身吻下去。菲莉亞努力抱著他的脖子和肩，踮起腳熱切的想要回應。見她有點吃力的樣子，歐文索性用手臂將她托起來，一手捧著她的臉繼續吻她。

菲莉亞雖然力量很大，但身形在勇者中卻算小，體重也不重，歐文抱起她來還算輕鬆。反倒菲莉亞剛被抱起來的時候有點擔憂的樣子，幸好她很快就習慣過來，繼續摟著脖子親吻對方，偶爾分心的去親親臉，咬一下耳垂。

菲莉亞趴在他耳邊的時候，歐文索性去吻她的脖子，菲莉亞的氣息從鼻腔混入頭腦，讓他覺得整個人都眩暈起來。

「唔……」菲莉亞悶哼了一聲，連忙轉回來捧著歐文的臉，一下一下密集的吻他的唇，吸引他的注意力，讓他不要親自己會發癢的地方。

從暴風驟雨到和風細雨，不知過了多久，兩人才稍稍平靜下來，只是仍然有些意猶未盡的互相舔舐著彼此剛剛確認過的領地。

菲莉亞這會兒兩腳已經重新沾地了，她依舊貼著歐文的胸口，小口小口的喘息著，並心滿意足的抿了抿唇，同時心裡隱隱升起些許對瑪格麗特的愧疚感。如果被瑪格麗特知道她跟歐文做了些什麼大膽的事，大概會被打死吧，畢竟她那麼擔心她，然而自己這麼不聽勸……

她有種不知道回去以後怎麼和瑪格麗特交代才好的感覺……

正當菲莉亞擔心回去要怎麼和瑪格麗特彙報的時候，歐文總算再次想起自己一開始來找菲莉亞的目的。

他有點後悔自己的衝動……但又完全不後悔……

歐文自我矛盾幾秒鐘，然後重新定了定神，低頭看了眼懷裡的菲莉亞。如果可以的話，他實在自私的希望宇宙可以永遠停留在現在這一秒，但很多事該說的還是得說，否則他覺得自己恐怕永遠無法安心。

重新整理了一下思路，歐文不禁有些忐忑。

「菲莉亞，我的名字是歐文．黑迪斯，不是歐文．哈迪斯。」歐文小心扶著菲莉亞的肩膀，稍微退開了一點，他注視著她的眼睛，認真的說：「是上一任魔王伊斯梅爾．黑迪斯之子，曾經的魔族王子，現在的魔王。我不是什麼風刃地區大魔法師的後代，我出生在這座城堡裡，這個國家艾斯才是我的故鄉。」

菲莉亞還有一點懵，歪了歪頭。

歐文緊張的吞了吞口水，繼續說：「我……是個貨真價實的魔族。之前都是假裝成人類在冬波利唸書。當時那個風刃地區的身分、長相和家室都是捏造的，為了不暴露身分，我還說了不少謊話。菲莉亞，我大概和妳原本想像的模樣很不一樣，我並不是妳說的那種……對誰都很友善的溫柔的人，當時我盡力和所有人都保持和睦的關係，只是為了在人類社會不被排擠，為了更好的收集資訊而已……我並不是妳所說的那種隨和又優秀的傢伙，我甚至不是人類……但是我……」

歐文不由自主的停頓了一下，重新調整好心情，才挺起胸膛繼續說下去。

「我喜歡妳這一點是真的，菲莉亞。」

菲莉亞一愣。

歐文的眼睛裡充盈著一種既堅定又脆弱的感情，似乎異常穩固，但似乎又可以被她的一句否決而輕易的粉碎。菲莉亞忽然有種不知所措的感覺，她確實沒有想過這個問題——

眼前的歐文並不是她認識的那個歐文？

菲莉亞打量著他。的確，歐文看起來比她記憶裡更高了，已經遠遠超過當時比他高的同齡的同學，以前學校裡教的「魔族發育比較晚，但發育時間比較長，身材普遍比人類高大」果然是真的。不過，歐文看起來仍然是個魔法師，沒有大部分勇者那麼發達的肌肉，是相對來說單薄的體型，這讓他從外表上比大部分勇者都要沒有攻擊性。

另外，此時的歐文是魔族典型的黑髮紅眼的特徵，儘管菲莉亞並不是以貌取人的人，也不認為原本的歐文或是現在同隊的尤萊亞非常娘，但不得不承認，比起原本那頭被既定印象深深蓋章的「娘娘腔」金髮，菲莉亞潛意識的認為他現在看起來更俊朗。

歐文的眼眸不再是接近透明的淺灰色，而是濃艷卻澄澈的紅，這倒是的確讓人下意識的感到危險，但……

菲莉亞從他眼中看到了不安。

菲莉亞相信歐文沒有說謊，否則他不會露出這樣的神情。可是……他真的和以前有什麼不同嗎？菲莉亞反而困惑起來。

在她看來，歐文的眼神就和以前一樣溫柔。

考慮了一下，菲莉亞開口道：「歐文，我——」

「妳不用那麼快做決定。」歐文有些慌張的打斷她，害怕現在就從她口中聽到拒絕的答案，也擔憂她這麼快就接納了他，將來會後悔此刻的決定太過草率，「妳可以仔細考慮。那個……妳可以再瞭解我一下，雖然我們認識的時間很長了，但妳知道我真實身分的時間還很短，所以……那個……妳要是有什麼想問的話，可以先問我。」

菲莉亞默默將原本要說的話吞回，想了想，問：「那……你為什麼要來海波里恩？」

「因為一個預言。」歐文飛快回答，「我們艾斯目前地位最高的祭司是德尼夫人，她在八年前預言人類中已經誕生了一位足以終結艾斯的勇者，魔王之血即將斷絕，只有魔王之子提早前往海波里恩，介入那位新生的傳奇勇者的命運，才有可能改變既定的結局。」

聽到這話，菲莉亞很難不吃驚，她使勁眨了好多下眼睛，才道：「那個勇者……是卡斯爾學長嗎？」怎麼想都最可能是他吧。

歐文道：「也可能是妳。」

這麼一說感覺會產生誤會，歐文趕緊再解釋道：「不過我不是因為這個才接近妳的！那個……其實我一開始也不知道，是在畢業以後才想到妳也是符合預言條件的，所以才會直接去查德教授和伊蒂絲教授的婚禮上找妳……呃，之前我都是真的將妳當作好朋友，還有真的喜歡妳……」

越說感覺越不對，歐文的臉不禁發燙起來，他從來沒有覺得自己的嘴這麼笨……還又表了一次白。

菲莉亞還是沒有搞懂，「可是我沒有想過要打敗魔王啊……」

就算是在學校裡，不知道魔王是歐文一家的時候，菲莉亞也是個贊成和平的溫和派。

——那是因為我無論如何都會愛上妳，沒有辦法接受其他人，所以魔王之血可能就這樣斷絕了。

歐文臉一紅，這種理由實在太蠢了，他絕對說不出口。內心掙扎了一番，歐文低聲含糊的說：「大概還是因為我喜歡妳吧……」

氣氛不知不覺再次曖昧起來，菲莉亞不禁也感到臉燙。

歐文心沉了沉，再次鄭重道：「菲莉亞，我喜歡妳。如果可以的話，我想要和妳結婚，所以……」

「好。」

歐文：「……？」

——剛剛是不是……

歐文忽然有點口乾，不太確定的注視著菲莉亞，重新開口：「菲莉亞，我剛才說……」

「我、我說好！」

菲莉亞原本常年泛著玫瑰色澤的臉頰此時完全成了赤紅色，她感覺自己渾身上下都充滿不知道從哪冒出來的勇氣，「我、我……經常也會……想要和你結婚。」

菲莉亞越說聲音越輕，到後面幾乎連她自己都聽不見自己在說什麼了。她深刻的感受到自己語言表達的無力和貧乏，突然有些後悔學生時代經常在文化課上犯睏，不然的話，說不定此時就不會為自己到底該說什麼好而困擾。

考慮半天，實在想不到什麼更能表達心情的詞彙，菲莉亞心一橫，索性再次用行動表明意見，她踮腳抱著歐文的脖子再次親上去！

「砰！」

歐文的大腦一片空白，他感到自己的後背撞到了牆，但第一反應卻還是摟住菲莉亞的腰免得她身體哪處碰傷。兩個人的身體又一次從上到下緊緊依偎在一起。

等到兩人好不容易再次分開的時候，已經是十幾分鐘之後了。

歐文全身滾燙，氣息亦無法克制的粗重起來。菲莉亞對他而言是比任何東西都更可怕的刺激，而且今晚這個刺激還比任何時候都要激烈，他幾乎快要不能呼吸了。

歐文費盡全身的自制力才逼迫自己勉強拉遠和菲莉亞身體的距離，並且這時才注意到他和菲莉亞撞進來的這個房間非常陌生，大概是屬於一位最近來城堡的女客。

歐文慌亂的說道：「那個……我們先離開這裡吧，時間不早了，說不定這裡外出的人要回來了……」

「不會……不會有人回來的。」

歐文看見菲莉亞兩眼濕潤的抬頭望著他，她緋紅著臉、用無辜的語氣輕輕的說道：「這裡……是我的房間。」

QVQ

等歐文好不容易強逼自己從菲莉亞的房間裡逃出來時，已經又是一個小時之後的事了。

他甚至不敢繼續在菲莉亞的房間門口停留，生怕自己意志不夠堅定又開門走進去。歐文一秒鐘都不敢耽擱，直接用魔法移動回自己房間，然後面紅耳赤的衝進浴室用最快的速度往自己的頭上潑了一盆冷水。

然而並沒有什麼用，只要他的注意力稍不集中，菲莉亞的模樣就會重新浮現在眼前。

她的身體已經陷進了柔軟的床榻裡，棕髮散在淺色的床單上；她的衣衫凌亂，眼神迷離朦朧，露出的皮膚泛著可愛又引人遐想的粉色；大概是由於多少有些冷又緊張害怕的關係，菲莉亞微微顫抖著，卻小心翼翼的揪著他胸口的衣服，迷迷糊糊貼過來……

比往常更溫暖的身體、更動人的表情、更綿軟的聲音，她的手不自覺的探入他的髮，他聞到她的身上有一種難以形容的甜美的氣味……

歐文渾身上下又是一陣滾燙，索性直接用魔法凝聚出冰塊並讓它們從頭頂掉下來。

可惜，還是沒什麼用。

歐文痛苦的將冒著蒸汽的臉埋進冰塊裡。他從來沒想過菲莉亞還可以可愛到這種程度，這一次真的是耗盡了所有的忍耐力，對方所有無意識的舉動在他看來竟然都是暗示他更進一步突破界限的邀請！歐文都不敢想像如果抱著菲莉亞再待一秒鐘他會幹出什麼事情來！

——想不到我竟然是這種魔族！

歐文一邊對自己很失望，一邊悲憤的凝聚出更多的冰塊，並默默把全身都埋進了冰裡。

▶◇◀◎▶◇◀

瑪格麗特來的時候，菲莉亞正抱著枕頭疑惑為什麼歐文在她下意識攀到他身上時忽然丟下一句「菲莉亞，我喜歡妳」，就用魔法瞬移跑掉了。

當時她正想親親他的喉結呀……QAQ

瑪格麗特的敲門聲暫時打斷了菲莉亞的疑問和若有若無的失落，但等她把瑪格麗特放進來之後，對方的眼神卻令菲莉亞有些不自在了。

「怎、怎麼了嗎？」菲莉亞心虛的眨了眨眼睛。

瑪格麗特的目光默默在菲莉亞緋紅的雙頰、濕潤的眼神、微微腫起的嘴唇和脖子間可疑的紅痕上停留了一會兒，然後移開了視線，「……沒什麼。」

「是、是嗎？」

儘管瑪格麗特的神情仍然讓她覺得有點不太對勁，但對方肯定是因為擔心她才來的，菲莉亞想了想，決定好好解釋一下，於是開口道：「那個，瑪格麗特……」

「你們正式在一起了？」瑪格麗特打斷她，面無表情的問。

聽到瑪格麗特充滿篤定的疑問，菲莉亞先是一愣，繼而臉一紅，抿了抿脣，然後不好意思的點了點頭。

瑪格麗特頓了頓，「他可是魔王。」

菲莉亞明白瑪格麗特的意思，他們兩個人之間幾乎一點共同點都沒有，一個是人類、一個是魔族，一個是勇者、一個是魔王。再加上身分地位和出生背景之類的，怎麼看都是並不匹配的一對。

菲莉亞微微低下頭，眼神卻很溫柔。

「可是，他也是歐文呀。」

第五章 訂婚不敢見父母

幾天後，在魔王城堡的這場同學會正式結束了。

到現在為止，這一任魔王對於兩國之間關係的立場表態算是很明朗了，或強行或偶然過來參加的勇者們對新魔王的態度亦改變了不少，除去迪恩這種一開始就因為腦子少根筋和歐文稱兄道弟的室友之外，一些本來並不認識歐文或者和他並不熟的校友，也多少對他有了些好感，臨走前還過來道謝和告別。

為了方便勇者們離開，歐文在魔王城堡前設了一個大型的魔法陣，可以直接從冰城將他們傳送回王國之心的王城，大部分勇者都決定選擇這個節省時間的方法離開；當然，也有一部分勇者的目的地是西方高原北部或者風刃地區之類的，從王國之心出發還不如直接從艾斯出發來得快，因此選擇自行回去。

這次魔王強行邀請舉行的同學會，讓許多原本畢業後失去聯絡的同學們又恢復了聯繫，聽說還促成了幾對情侶，總體來說大家都挺滿意的。

「喲。」

菲莉亞和歐文一起站在高樓觀察魔法陣運行情況的時候，卡斯爾走過來，拍了拍他們的肩膀。

和歐文一起碰到卡斯爾，菲莉亞有點吃驚，下意識的想要迴避視線，但卡斯爾看上去心情還挺不錯的，嘴角的虎牙因為笑起來的關係閃閃發亮。

「我是來告別的。」他道：「雪冬節快結束了，我也差不多該回去了。」

相較於尷尬的菲莉亞，歐文倒是比較坦然，他和菲莉亞之間的關係，熟的人應該都已經發現了。

「嗯，再見。」歐文頓了頓，「還有……那個，謝謝。」

「哈哈哈！沒事。」卡斯爾笑了笑，繼續道：「對了，歐文，還有一件事。因為你邀請我們在這裡開同學會的關係，我想過一段時間後，就會有人來邀請你去王城的。」

由於各式各樣的敵對原因，魔族和人類的王宮都已經許久沒讓異族和平的進入過，歐文這一次的邀請，說不定是近千年來的第一次。

某種意義上，這或許會是雙方締結和平的里程碑事件，以後可能還要記載到教科書上。再加上若把歐文的父親伊斯梅爾統治期間的時間算進來，艾斯和海波里恩已經和平了將近三十年。

儘管海波里恩統一了大部分的大陸以後，外交就成了一種可有可無的東西，但既然艾斯這邊率先做出了表示，海波里恩應該也要有反應才對，畢竟目前人類的王族也是不想改變生活方式的溫和派。

卡斯爾的意思，大概就是最近海波里恩的國王或許會對歐文一方發出邀請，也許不必歐文親自前去，但至少得派出使節。

歐文從決定舉辦同學會開始，他就對後面會發生的一連串影響心裡都有數，於是他頷首道：「嗯，我明白的，放心吧。」

兩人又交談了幾句，交換了一些資訊。這時，卡斯爾轉向了菲莉亞。

對上卡斯爾金色的眼眸，菲莉亞不禁一愣。

「菲莉亞，妳最近一段時間，是不是不會回海波里恩了？」卡斯爾微笑著問道。

聞言，菲莉亞臉一紅，點了點頭。

她和歐文才剛剛確定關係，而且兩個人似乎都有結婚的打算，所以有必要互相瞭解一下彼此；歐文也很擔心她的決定太草率的樣子，所以她暫時會繼續住在城堡裡，接觸歐文的生活、國家和文化。

考慮到魔族和人類的差異以及艾斯的文化歷史，這無疑會是一項大工程，搞不好會住上幾個月，甚至幾年也說不定。父母和哥哥那邊，菲莉亞已經託瑪格麗特帶信了，等她回到王城後，菲莉亞的家人就會收到信。老實說，對於他們的反應，她還有些忐忑。

所以卡斯爾的勇者團隊裡的工作，菲莉亞估計暫時也不能參加了，只是她不知道怎麼開口才好，故還拖著，原本準備等到卡斯爾離開的時候再說的……沒想到他這麼快就要走了。

於是，菲莉亞愧疚道：「那個……抱歉，我可能要請假很長一段時間……」

「哈哈哈！沒事。」卡斯爾爽快笑道，「近戰的話，我和瑪格麗特就夠了。唔……而且尤萊亞又回來了，妳不用擔心。」

說完，卡斯爾頓了頓。他似乎猶豫了幾秒，最後還是舉起手，笑著不輕不重的摸了摸菲莉亞的頭。

「那麼，再見了，菲莉亞。」

目送卡斯爾步入魔法陣離開，不久就到了黃昏的時間。由於艾斯正處在極夜之中，黃昏自然沒有海波里恩太陽落山的景象，只是月亮的顏色有些變化罷了。

城堡裡的勇者已經走得七七八八，只剩下幾個還想再留一會兒的人沒有離開，他們大多數是對魔王藏書有興趣的魔法師和畢業後成為魔族文化研究學者的人。因為一下子少了不少人，在同學會期間熱鬧的城堡突然間冷清了下來。

「今天還有人要離開嗎？」菲莉亞問道。

原本安置勇者們的房間和供大家交流的宴會廳都已經空了，城堡的僕人們正在用魔法打掃。每次看到這樣的景象，菲莉亞都會驚訝於艾斯魔法的發達和便利。

歐文皺著眉頭，一個一個的回憶他邀請過來的對象，以及已經和他告別或交代過希望再留幾天的人。

月亮的光芒已經很暗了。

想了想，歐文道：「應該沒有了吧，就算現在走也太晚了。今天就先送到這裡吧。」

說著，歐文動了動手指，準備解除安置在城堡門口的傳送魔法陣。

然而就在這時，走廊口忽然傳來急促又雜亂的腳步聲。

火急火燎的迪恩拖著一個魔族女僕突然出現在歐文和菲莉亞面前，一看見他們，迪恩立刻興奮的衝了過來。

「歐文！我總算找到你了！」他拉著女僕的手興奮道：「告訴你！我找到真愛了。」

說著，他一把將女僕推到歐文面前，胸脯挺起，後背筆直，鏗鏘有力的說道——「我！要和！她！結婚！！」

女僕：QVQ？

由於魔王的住所是艾斯最重要的政治建築，也是魔族的門面，因此城堡裡的僕人在儀態和相貌上都有基本的要求，而且隔一段時間就會更新換代，所以女僕幾乎都很漂亮，也沒有年紀會特別大的，被人一見鍾情的情形倒不是很奇怪。

不過，也因為人員調動頻繁的關係，歐文對城堡裡的僕從都稱不上多麼熟悉，他看著迪恩帶過來的那個女僕，很是面生。想了半天歐文才記起，這位好像就是他那天隨手指派去照顧喝醉的迪恩的那個女孩。相較於迪恩的激動興奮，她看上去完全不在狀況中，乖巧又困惑的站在原地。

歐文頓時一陣頭痛，忍不住伸手摸了摸太陽穴，用詭異的眼神望著迪恩，重複他的關鍵字：「……真愛？」

「沒錯！」迪恩再次挺起胸膛，一臉正直的說道：「那天醒過來第一眼看見她，我就喜歡上她了！」

聽迪恩這麼說，菲莉亞亦不禁好奇的打量著他們兩個。

被迪恩拉著的魔族女孩有一張討喜的圓臉，看上去氣色不錯，眼睛又圓又大，鼻子和嘴巴都很小巧，是容易在乍看之下會顯得比實際年紀還小的長相。她的身高也屬於菲莉亞在這幾天所見到的魔族中比較嬌小的，不過，就算是比較小巧的體型，也只比迪恩矮兩、三公分的樣子。

歐文正在問迪恩：「你知道她叫什麼名字嗎？」

「不知道！」迪恩理直氣壯的大聲喊道，說完便扭過頭看向女僕，問：「對了，妳叫什麼名字？」

女僕乖乖的報上名字。

於是迪恩繼續轉過頭來看向歐文，「好了，現在我知道了。」

歐文……救命想把這傢伙打出去！

歐文更加痛苦的捏起鼻梁，「年齡、出生、個性，愛好，這些呢？你都不知道吧？」

還沒等他話音落下，眼看著迪恩轉頭又要當場問出來，歐文趕緊攔住他。

「還有，她可是個魔族。」

儘管從外表上完全看不出來，但迪恩到底也是出生於王城的貴族家庭，歷史還頗為古老的樣子。以歐文對人類社會的瞭解，知道這種家庭大多都看重血統的純潔性，喜歡在和自己地位至少同等的家族裡進行聯姻，連近親結婚的情況都不少見。這種情況下，歐文想也知道迪恩和魔族結婚肯定會遭到家裡人的反對。

誰知迪恩聳了聳肩，滿臉無所謂的說道：「魔族怎麼了？你還是個魔王呢，不是一樣和菲莉亞談戀愛？」

迪恩嗓門很大，雖說周圍沒有什麼人，但被這麼大的聲音在公共場合說出來，還是足以驚擾到一對剛剛開始交往、還沒什麼經驗、臉皮又很薄的小情侶了。菲莉亞和歐文兩人同時一顫，下意識的避開對方的視線。

「那、那不一樣！我爸媽又不反對！」雖然他們反對也沒用。

菲莉亞：誒？誒誒誒？！歐文的爸爸媽媽已經知道了嗎？！Σ(っ゜Д゜;)っ

「我也沒什麼問題啊，我又不是長子。」迪恩不耐的翻了個白眼，「唔，目前只不過是給我哥打打下手，以後搬出來自己住都沒問題的，大不了去當勇者囉。」

迪恩畢業以後並沒有選擇當勇者，跟大多數以就讀於勇者學校來抬高身價的貴族子弟一樣，他通過畢業考試後就在家裡從事某些清閒又舒服的工作，順便和奧利弗一樣被安排參加社交宴會和露骨的相親活動，兩年下來，交際舞水準大幅度提高，劍卻說不定生鏽了。

不過，相較於聽話的奧利弗，迪恩對這種事很不耐煩，行為我行我素。要參加舞會時跑去卡斯爾或者別的同學那裡避難是常有的事，他直到現在也沒定下未婚妻。菲莉亞還聽說過迪恩一個人偷偷去傭兵中心接一個人也能做的任務，只是後來沒有成功。

歐文：「……你不會是為了和訂婚的奧利弗較勁，或者為了反抗家裡，才故意勾引我城堡裡的女僕吧？」

女僕：QVQ？

迪恩拔高了嗓音：「怎麼可能啊喂！我是那種人嗎！要達成你說的那種目的的話，我直接去追奧利弗不就好了？」說著，迪恩單手摟住女僕的肩膀，「我是真的喜歡她！靈魂觸電一樣的喜歡！第一眼看到她我就喜歡上她了！以前從來沒有過這種感覺！」

歐文：「……人家喜歡你嗎？」

迪恩動作一頓，抓了抓後腦杓，再次看向旁邊的女僕，他的臉竟然紅了紅，問道：「咳咳……那個，妳喜歡我嗎？」

女僕考慮了一下，一臉開心的搖了搖頭。(*/ω＼*)

好不容易把大受打擊的迪恩暫時送回客房讓他休息，再放女僕回去工作，月亮的光芒已經完全暗淡。這種時候，夜空中的星星便分外明亮，星星的光點和照明用的魔法光屑將天空和陸地連成一片星海。

終於又只剩下菲莉亞和歐文兩個人了。

大概是因為兩個人都是初戀，沒什麼經驗，又才剛剛開始談戀愛的關係，他們明明一刻都不想分開，但在一起的時候卻又害羞到不知說什麼才好，氣氛瀰漫著淡淡的曖昧和尷尬。

扭捏了一下，菲莉亞很難不在意一些事情，忍不住問道：「那個……歐文，你父母，已經知道我們在、在那個……戀愛嗎？」

歐文低頭，眼看著菲莉亞的臉頰一寸寸變紅，他的心跳也跟著不停的加速，胸口無法控制的發熱。勉強按捺住想立刻就把菲莉亞抱進哪個房間按在地上親個夠的衝動，歐文僵硬的移開視線，回答：「嗯，他們知道的。」還一直催。＝＝

歐文頓了頓，知道自己不說清楚的話，菲莉亞肯定會憂慮，於是進一步解釋：「妳不用擔心，魔族本來就是從人類裡分裂出來的種族，談不上什麼純血統、不純血統的……而且硬算下來的話，大家都混過血。唔……以前也不是沒有過魔王和人類生出混血的先例。」雖然多半是生活不太檢點的魔王。

不過，的確是還沒有魔王和人類結婚的例子，因為這勢必要面對傳統保守派大臣擰成的巨大阻力。儘管歐文一家都沒太把所謂的種族觀念當回事，然而艾斯境內並非不存在極端種族主義的大臣或貴族。

但歐文認為這並不妨礙他們開一個融合的先河。

聽歐文說得好像確實並不是很嚴重的樣子，他的父母好像也沒有反對，菲莉亞稍稍安下了心，鬆了口氣。

看菲莉亞緩緩放鬆下來的側臉，歐文壯了壯膽子，說：「那個……菲莉亞，我父母目前不在冰城這裡，他們去旅遊了。等有機會的時候，我再好好介紹他們給妳認識吧？」

這句話成功的讓菲莉亞再次緊張起來。先前她也分別見過歐文的父母，但當時他們看起來都還是風刃地區的魔法師，現在想來也是偽裝。

想到要見上一任的魔王和魔后——以前菲莉亞只在書和報紙上看到過的人物——她實在很難完全不害怕。

不過，菲莉亞下定決心，仍然用力點了點頭，「好、好的！」

見菲莉亞答應，歐文也稍稍安心。想到這個舉動背後蘊含著結婚的暗示，兩個人羞澀又甜蜜的相視一笑。

歐文想了想，也問道：「那妳呢？妳父母和哥哥知道我的事嗎？」

菲莉亞這邊，歐文見過羅格朗先生和馬丁。但真要算起來的話，他和馬丁只不過是數面之緣，並沒有什麼交集；至於羅格朗先生，因為在學院競賽期間，歐文在菲莉亞家暫住過一段時間的關係，倒是比較熟，印象裡是個出了生意場就不大擅長交際、意外的比較好說話的父親。

除了素未謀面的菲莉亞的母親，歐文對菲莉亞的家人印象並不壞，他們似乎都是比較好相處的人。

呃……雖然如果知道他是魔王的話，可能就未必了。

菲莉亞顯然有和歐文一樣的擔心，光想到她讓瑪格麗特帶回家的那封信就有點怕怕的。儘管在記憶裡爸爸和哥哥從來沒有發過火，媽媽如今脾氣也灑脫了很多，但……她也沒做過像和魔族談戀愛一樣叛逆的事啊！QAQ

「我讓瑪格麗特給我家人帶了信。」菲莉亞老實道，「但還不知道他們什麼反應……」

「是嗎……」歐文忐忑的點了點頭。

不知道為什麼，當初一覺醒來在床頭看到他爸留下的魔王之角時，他都不覺得緊張，而現在想到遲早要面對菲莉亞的父母後，歐文卻忽然有點背後發涼。

——萬一他們不同意的話……怎麼辦？

兩個人面對面，苦惱同一個問題好一會兒，可是並沒有得到特別好的答案。

思考片刻，菲莉亞默默將手伸過去，牽住了歐文的手，心想：反正海波里恩和艾斯之間還沒有通郵，就算爸爸、媽媽和哥哥全都暴怒狂化，那也一時半會兒聯繫不到她……那、那就先這樣吧。_(:3)∠)_

▶◇◀◎▶◇◀

一轉眼，菲莉亞跟著歐文在艾斯住了一年零兩個月。

在這段日子裡，菲莉亞除了住在魔王城堡看歐文處理國家事務、和他接見重要的魔族客人，還花了一半以上的時間和歐文一同輪流拜訪了艾斯的十三個重要行政區的管理人和轄區貴族，當然也順便旅遊觀光感受各地風土，有時候菲莉亞會不禁有種他們其實已經是在度蜜月的錯覺。

總之，她已經充分學習了魔族的文化、習俗和生活方式，還包括一些和人類不相同的宗教信仰有關的東西，她甚至能聽懂魔族某些地區遺留下來的古老方言了。或許菲莉亞對魔族的瞭解還比不上土生土長的魔族或者專業的魔族學者，但已經遠遠超過九成以上的人類是肯定的了。

當然，歐文的不安全感也成功被安撫。

菲莉亞和歐文之間的感情穩定升溫，親親抱抱摸摸蹭蹭也熟練了，她頭上順利安穩的冠著「魔王未婚妻」的頭銜，一切都在往好的方向發展，只有……

她仍然沒有聯繫過家裡。_(:3」∠)_

當然，也有這一年多居所不定，且艾斯和海波里恩之間聯繫確實不方便的關係，不過大部分的原因還是因為菲莉亞縮頭烏龜的性格在此時發揮到了頂峰，本著能躲一天是一天的樂觀健康的心態，她十分愉快的在艾斯這邊過了十四個月幸福的生活。

然而……現在已經到了混不下去的地步了。

卡斯爾學長臨走之前就說過，歐文在城堡裡招待勇者開同學會、還把他們安然無恙的全放走後，人類的王室肯定會做出反應，應該會邀請歐文或者使節去一次王城之類的。

噢，對了，其實當時參加同學會的同學並沒有全部回去，比如迪恩。他以「心被魔族偷走了」以及「失戀受傷慘重」、「ＨＰ值只剩下一點走不動」等等理由，順利的賴在城堡裡常住，並且在人家女僕上班和下班後進行持之以恆的糾纏，而且從目前的形式上看來，他這種死皮賴臉的行為竟然真的起作用了！

女僕考慮「喜不喜歡迪恩」這個問題的時間，最近終於從一秒鐘延長到了十五分鐘。

不過和菲莉亞不一樣，迪恩雖然住在魔王這裡，但還是和家裡有聯繫的。不僅如此，他還因此被分了個官位做，迪恩目前的官方身分是「人類駐魔王城堡大使」。

總之，就在菲莉亞磨蹭著不想回家面對家人表情的時候，從海波里恩送來的官方信件終於在早晨抵達了冰城。

國王一家誠摯邀請歐文前往海波里恩王城參加友好合作宴會，還貼心注明了不方便的話可以派遣使者參加，不會影響兩國友誼。

於是歐文拿著信，一臉嚴肅認真的看著菲莉亞，「我會去王城，然後在參加宴會之前，我們先去見妳父母吧。」

菲莉亞考慮一下，默默爬到歐文腿上坐好，勾著他的脖子仰頭親起來。歐文熟練的摟著她的腰，捧起她的臉，先親嘴脣，親夠了又把從鎖骨到頸窩都親了個遍；菲莉亞覺得癢，瞇起眼睛，微微有點躲閃。

經過一年的磨合和鍛鍊，兩人的吻技和默契度都大有提升，舒適度和接吻帶來的幸福指數亦直線上升。不久之後，菲莉亞滿足的小口吐氣，歐文似有留戀的多吻了幾次她的嘴脣和嘴角，然後道：「唔，我們還是再來聊聊回去見妳父母的事吧。」

轉移話題失敗的菲莉亞：嚶嚶嚶……QAQ

大概是因為該糾結的在學生時代已經糾結夠久了的關係，菲莉亞和歐文兩人在正式談戀愛之後反而格外順利。

哪怕雙方的種族、地位等等，在各種客觀問題上的矛盾重重以及差距懸殊，歐文還要面對保守貴族和大臣的壓力，但莫名其妙的，他們就是一路順風順水的發展了下來。現在在歐文的努力下，魔族原本的反對派基本上都接受了他們即將迎來一個人類魔后的事實，接下來只差一場婚禮，菲莉亞就要正式成為魔王城堡的一員了。

當然，在結婚之前，兩個人不好好見過雙方家長顯然是不可能的。

菲莉亞本身沒有問題，這一年在艾斯四處環遊期間，她已經「湊巧」見過了正在到處旅遊的歐文父母——雖然也有可能是他們故意提前埋伏的，但對於菲莉亞來說，這次見面無疑比之前見面的時候都更加緊張。

幸好，儘管歐文的父母都換成了魔族的樣子，卻還和以前一樣和藹，根本不像菲莉亞小時候想像的那種魔王和魔后，於是她過得十分愉快。

所以……現在障礙只剩下菲莉亞的家人了。

老實說，拖得越久越害怕，現在她甚至偶爾會有乾脆破罐子破摔，直接私奔到艾斯結婚算了的念頭都冒出來了。

——見家長不可怕，但見自己的爸媽真的好可怕啊……QAQ

談了個魔王男朋友，私自訂婚還單方面斷絕聯繫一年多……父母應該不至於打她，但家人失望又糾結的眼神恐怕是不得不面對的了。

這輩子都沒做過什麼太出格的事，結果一玩就玩了個大的，乖乖女菲莉亞感到很驚恐。

其實歐文也很緊張，畢竟他才是過不了關的那一個。

但是，他是認真的準備和菲莉亞結婚，所以希望得到對方家人的認可和祝福，這是很正常的一種心理。

想了想，歐文對菲莉亞說：「我們在宴會前一個月就回王城吧。除了妳的家人之外，還可以順便拜訪一下卡斯爾學長和其他同學。」並且順便邀請他們參加婚禮。

頓了頓，歐文補充道：「把迪恩也一起帶走，那傢伙也應該回家一趟。」

迪恩死皮賴臉蹲在城堡裡的時間夠久了，這傢伙沒失聯，家裡的信每個月都會飛過來。

菲莉亞實際上也想念父母和哥哥，逃避之餘還想過要不就在他們沒發現的情況下偷偷回去一下，但後來還是在膽怯之下作罷。

然而，歐文這一次看上去相當堅定的樣子。

「真的要回去？」菲莉亞不安的再一次問道，聲音已經十分動搖。

想到回王城就能見到家人，還有久違的瑪格麗特和別的朋友，菲莉亞害怕之餘，當然還有許多期待和懷念。她肯定比歐文更想回家，只是壓力太大而已。

唔，也不知道瑪格麗特和哥哥有進展了沒有？

歐文認真點頭，「嗯，菲莉亞，我想和妳結婚。所以……」

歐文的話徹底終結了菲莉亞內心的掙扎，她腦海裡的天平最終「啪！」的倒向「回去」

的那一邊。

於是，不久之後，菲莉亞和歐文重新回到海波里恩的首都王城。

他們兩個人比魔族的官方隊伍先一步回來，主要是為了優先處理見家長一類的私事。迪恩則作為使者，跟著魔族挑選出來的「交流團」一起來到王城，暫時不和他們在一起。

如果有魔王突然出現在王城街上的話，肯定會引起不必要的恐慌，因此歐文暫時又做了原來在冬波利時風刃地區樣貌的偽裝。重新看到金髮灰眸的歐文，菲莉亞有種恍惚又懷念的感覺，彷彿一瞬間回到學生時代似的。

歐文被她看得不太自在，臉一紅，索性用俯身親了個夠來掩飾。

和平派的新魔王要迎娶人類女孩結婚的事，早已傳遍整個海波里恩，大家都在熱切討論那個女孩是誰，但菲莉亞的具體資訊知道的人暫時還不多。菲莉亞和歐文從他們瞬移到的人煙稀少的小巷子裡走出來時，看上去只不過是一對普通的人類情侶，並沒有引起什麼關注。

此時正是集市即將開市之際，春季的太陽已經升到半空中，溫和照耀著大地。寬敞明亮的街上，髮色各異的人群來來往往，熱鬧非凡。

重新看到熟悉的街道、熟悉的服裝打扮，聽到熟悉的口音，菲莉亞感到一種難以形容的舒適，這就是回到家的感覺。她雖然也喜歡魔族的集市，但在艾斯，無論如何都不會有這麼燦爛的陽光。

一年多沒有回來，王城稍有變化，但好在並不是很大，菲莉亞不一會兒就弄清楚方向，並往家的方向走去。

很快，菲莉亞重新看見了那棟她從三年級暑假就開始居住的羅格朗先生的房子。好久沒有回來，她的心臟不禁跳得快了許多。

就在這時，一個身材頎長的青年從房子裡走出來，菲莉亞還沒來得及反應過來，便猝不及防對上他的視線。

馬丁亦是一愣，驚訝道：「菲莉亞？」

菲莉亞更是沒料到這麼快就會見到哥哥，她的心理建設頓時就崩塌了。不敢看馬丁那雙對她一直以來信任溫柔的淺棕色眼眸，菲莉亞心虛的移開視線，盯著地面道：「哥哥……是我，我回來了。」

第六章 睡一張床還是兩張床

幾分鐘後，菲莉亞和歐文坐在久違的自家客廳的沙發上，家裡管家和僅剩的一個女僕忙碌碌的為他們準備睡覺的房間，並端來了茶和點心。對面是一臉無奈又憂心的哥哥馬丁，他懷裡抱著從樓上下來以後就嚶嚶嚶哭個不停的鐵餅。

鐵餅坐在馬丁的膝蓋上，細細的手臂擦著圓圓的眼睛，斷斷續續道：「主、主人，妳終於回來了嚶嚶嚶，還有魔法師少爺也來了，好開心……我還以為主人不要我了呢嚶嚶嚶，我在冬波利的旅館那裡等了好久，但是妳一直沒有回來嚶嚶嚶……後來我還是自己跑回家了，但是妳也不在家裡嚶嚶嚶……我好擔心妳出了什麼事嗚嗚……」

菲莉亞心虛的不敢看鐵餅的眼睛，畢竟會說話的鐵餅還是滿新奇的，為了防止引起不必要的麻煩，她去參加伊蒂絲教授婚禮的時候沒有帶上鐵餅。當時她是準備參加完婚禮就回去接鐵餅，結果沒想到自己被歐文半途擄走，後來又一不小心在艾斯住了一年多。

雖說鐵餅其實不用吃飯喝水也沒事——儘管偶爾會吃一點——又認識路能自己回家，單獨放在旅館裡應該不會有特別大的問題，但看它哭得這麼慘，菲莉亞還是十分愧疚，不禁後悔當初沒有把它一起接去艾斯。

事實上，她一開始是有擔心過鐵餅的，但等到和歐文關係修復，再讓歐文用魔法探測鐵餅狀況時，鐵餅已經等不及的自己哭著跑回家了。得知它安全回家，菲莉亞便完全安心，沒有繼續在意這件事。

而此時，鐵餅哭得菲莉亞心都痛了，忍不住懷疑自己是不是又做了錯誤的決定。她連忙從馬丁手裡將它接過來抱在懷裡安撫，連聲道歉。

重新回到菲莉亞懷抱裡，鐵餅馬上就開心起來了，哭聲也轉成了斷斷續續的抽噎。

見鐵餅控訴完畢，馬丁說：「爸爸媽媽都去工作了，爸爸最近研究出新型的矮人機械，訂下幾個大單子。媽媽現在還在皇家護衛隊工作，上個月剛被提升為副總隊長候補了，約克森女士說可能是因為妳的關係……」

說著，馬丁停下講到一半的話，抬頭看向坐在菲莉亞身邊的歐文。

歐文還保持著金髮灰眸的模樣，這讓馬丁不需要太費功夫就想起了他——上學時和菲莉亞形影不離、關係很好的男孩。

儘管馬丁和他見面的次數並不多，但菲莉亞常常提起「歐文」這個名字，風刃地區的外表特徵也和她說的一樣。不過，單憑菲莉亞口中「溫和善良如天使一樣的男孩」這種印象的話，馬丁是無論如何都不會將眼前這個青年和艾斯的魔王聯繫在一起。

人類的王族——懷特一家——目前的繼承者和他們的父親國王都相當中庸，並不想做打仗那麼煩人的事，所以不願意放棄送到門前來的橄欖枝。而魔王不僅對人類態度友好，還準備娶一個人類少女……

這不就是所謂的聯姻嗎？

只是菲莉亞的出身地位跟與魔王聯姻需要的身分比起來，著實太低了些，又和王族很疏遠，所以他們正在拚命試圖拉近菲莉亞和王族之間的關係，目前最明顯的突破點就是她的母親安娜貝爾，一個被總隊長看好的皇族護衛隊分隊的隊長。

迅速提高安娜貝爾的地位，即是對菲莉亞表示親近，而某種意義上，也是威脅和壓制。這一舉動告訴菲莉亞，不要忘了自己的親人還在海波里恩這一方。

這麼想著，馬丁又忍不住看了眼自己的妹妹。

菲莉亞已經完全的亭亭玉立了，但相比於世俗意義上的大美人瑪格麗特，菲莉亞給人的感覺更偏向於可愛的鄰家女孩，不會讓人覺得難以親近。另外，大概是由於性格的關係，她身上還有種溫吞的氣質，彷彿只要在她身邊，時間就會不由自主慢下來。

馬丁以前可是從來沒有想過菲莉亞長大以後會和魔王結婚，因此，他不知不覺就會替她擔心——

她明白那些政治上的彎彎繞繞嗎？當王后帶給她的會是喜悅而並非痛苦嗎？

不過，猶豫了一下，馬丁還是沒有將某些掛在心裡的話講出口，只說：「我今天只是偶然過來拿忘記的東西……爸媽應該下午就會回來了。」

聽到家人都健康安好，沒有任何問題，菲莉亞鬆了口氣，也終於可以放下在不敢回家的這段時間各種擔憂的想法了。父親生意正常，母親事業上升，哥哥看上去氣色也還不錯的樣子，女僕露西仍然沒有嫁出去……

除了一些好的變化，所有事都和她離開前差不多。

菲莉亞趕緊點頭，「嗯！我等他們回來。」

果然，下午安娜貝爾就回來了，羅格朗先生稍微遲了幾分鐘，但也差不了多少。兩個人看到坐在客廳沙發上笑容有點僵硬的女兒，都大吃一驚。

又是一陣兵荒馬亂，等一家人全都湊齊坐下來，被沙發包圍的茶几上又多了不少點心。菲莉亞被母親狠狠抱了抱，感覺背有點疼，羅格朗先生只是在旁邊看著，笑容十分有趣。

接下來，大家的注意力不約而同的被坐在菲莉亞身邊的歐文吸引。這個時候，歐文已經褪下偽裝，重新恢復到黑髮紅眸的本來面目了，還讓看著他變化容貌全過程的馬丁感到相當吃驚。

果然，這個青年真的是個魔族。

羅格朗先生、安娜貝爾和馬丁之間彼此交換著視線，連一向恪盡職守的管家和女僕露西都偷偷站在附近不肯離去。在這種頗為尷尬的氣氛下，菲莉亞低著頭，磕磕絆絆的大致把自己和歐文認識、相處、從朋友變為戀人、在艾斯生活這一年的經歷都說了一遍。

她說話的時候，周圍一點聲音都沒有，這讓菲莉亞分外緊張，再加上她本來就是內向的人，當著親人的面說戀愛經歷還是滿羞恥的，好不容易硬著頭皮說完，菲莉亞背後已經出了一身的冷汗。

然而，還是沒有人說話。

菲莉亞等了半天，心臟都要跳出來了，終於還是按捺不住，抬起頭偷偷看了一眼。只見所有人的面色嚴肅，臉上一點笑意都沒有，只是直勾勾的盯著她和歐文。

這時，菲莉亞忽然感到自己放在膝蓋上的手被握住了。

大概因為是冰系魔法師的關係，歐文的皮膚總是冰冰涼涼的，但又不至於太冷，反而讓人不自覺的平靜下來。

——夏天在南淖灣的話，抱著歐文睡應該挺舒服的。

菲莉亞有些走神的想著。

歐文並不知道菲莉亞開始分心了，他同樣在為目前的情形而緊張，並準備打破僵局。他定了定神，開口道：「我愛著菲莉亞，從學生時代就這麼想。這份心情從以前就沒有減少，而是逐日增加。」

歐文停頓了一下，這讓場面似乎比之前更安靜了，且這份詭異的靜謐持續了好幾秒。

「我想要和她結婚，所以想要謀求各位的祝福。」歐文又短暫頓了頓，繼續道：「……不過，即使你們拒絕……直到菲莉亞不願意再接受我為止，這個決定都不會有任何改變。」

歐文的話在菲莉亞聽來完全就是情話，還是當著她父母的面前說的，她的臉頰紅到快要炸了。

歐文自己其實也感覺很羞恥，可這些的確是真心話，他真的這麼想，且不準備退縮，故而目不轉睛的看著菲莉亞的家人。

那雙屬於魔族的紅眸，對人類來說本就具有一種侵略性的危險感，尤其歐文的神情此時極為認真專注，因此更有一種莫名的壓迫感。

羅格朗先生原本還能維持與他對視，此刻忽然有些不敢接觸歐文的目光，於是他下意識的去看安娜貝爾。馬丁倒是因為遲鈍的關係沒有感覺到歐文的威壓，但下意識的，他也看向了安娜貝爾。

換作是幾年前的安娜貝爾，肯定會嚇縮起來，但她在軍營裡鍛鍊的這些年，凶惡的眼神見多了。包括她自己，為了以閱歷尚淺的女性身分壓住那群血氣方剛的士兵，亦不得不在平時惡狠狠的瞪著他們。安娜貝爾也總算明白了為什麼約克森女士明明是個很不錯的人，卻總是不苟言笑，真的只是不得不習慣而已。

總之，她尚且還能直視那雙紅眸。

安娜貝爾的視線在菲莉亞和與之手指相扣、這個她頭一次見面就說要跟她女兒結婚的陌生魔族青年之間徘徊梭巡著。許久，她一個字都沒有說。

菲莉亞的心臟都快從喉嚨裡跳出來了。

鐵餅早已止住哭了，就算是它，也覺得氣氛很是古怪壓抑。它喜歡主人，也喜歡魔法師少爺，而且早就知道他們兩個互有好感。在它看來，這兩個人能夠終成眷屬明明是很值得開心的事，於是不由得暗暗焦急。

等了半天，眼看情況越來越膠著了，鐵餅終於忍不住在安娜貝爾已經有了軍人氣魄的高壓下弱弱張口道：「那、那個……魔法師少、少爺，是個很不錯的人，而且……」

安娜貝爾面無表情的低頭掃了眼女兒養的鐵餅，鐵餅頓時嚇得「嚶嚶嚶」的閉了嘴，不敢再說下去。

終於，安娜貝爾開口問道：「菲莉亞，這就是妳之前說的喜歡的人？」讓她連卡斯爾這種大好青年都看不上的那個冰系魔法師？

菲莉亞和歐文相牽的那隻手不由得緊了緊。她現在非常緊張、非常忐忑，但莫名的，在這個問題上她異常清醒，頭腦沒有一絲混亂，而且她知道只有一個答案。

菲莉亞用力點了點頭。

安娜貝爾和羅格朗先生同樣是在學生時代就認識的青梅竹馬，但由於婚姻經歷不太順遂的關係，菲莉亞知道母親對於她的愛情恐怕也不會太看好。更何況，她和歐文的確有很多可想而知的障礙不得不去逾越，尚且沒有結婚，都看得到未來的婚姻生活一片荊棘。

母親這一關不好過。

菲莉亞下意識嚥了口口水。

果然，看到菲莉亞毫不猶豫的答案後，安娜貝爾半晌沒有說話。

客廳裡靜極了，滿是休止符的樂章彷彿是暴風雨的前奏。

菲莉亞不自覺的攥緊了雙手，將歐文握得更緊。

良久，安娜貝爾道：「我還有一個問題。」

「我、我會回答的。」菲莉亞忐忑而堅定的說。

安娜貝爾沉了沉，問道：「你們今晚需要一個房間，還是兩個？」

安娜貝爾話音落下，大廳裡連針掉在地上的聲音都聽得見。一秒鐘後，菲莉亞和歐文兩個人都紅得像是剛從沸水裡撈出來似的，他們同時開口道——

歐文：「兩個！！當然是兩個！！！」

菲莉亞：「其、其實一個也……」行……

聽到歐文激動的話，菲莉亞連忙把自己說了一半的話嚥了回去，小心翼翼的看看對面。幸好她說得很小聲，又被歐文蓋住了，大家都沒有聽見的樣子。

不過，菲莉亞多少還是有點沮喪。

原來歐文還不想和她睡在一起啊，嘤嘤嘤，她又想得太快了，是不是太不矜持了啊？

另一邊，歐文其實聽到了菲莉亞的話，他除了臉紅得跟蘋果一樣外，表面上還算平靜，同時大腦一片空白。

——誒？菲、菲莉亞剛才是說了一個嗎？還是我聽錯了？可我好像沒有聽錯……難、難道她是同意一起睡的嗎？是我想的那個意思嗎？是可以的？難道原來是可以的嗎？！

兩個人都各自揣測著對方的想法，卻不敢往旁邊看，只是緊緊相握的手掌所傳來的溫度變得更鮮明了。

安娜貝爾靜靜看了他們一會兒，點了點頭，說道：「我明白了。既然這樣的話，你們就睡菲莉亞的房間吧。」

菲莉亞一愣，但旋即安心下來，心中湧過一道熱流，臉上亦跟著燙了燙。

——原來媽媽聽到了啊。

——謝謝媽媽，果然是親媽呢。

而另一邊的歐文還懵然。

——嗯？什麼意思？菲莉亞有兩個房間嗎？

當然並沒有。

等到夜幕降臨，除了做出這個決定的安娜貝爾看上去仍然維持著波瀾不驚的鎮定之外，整棟房子的人心情都有些複雜。

馬丁下午就離開了，作為一個二十二歲的青年人，他已經有自己的住所和穩定的生活方式，只不過在離開前，他看向菲莉亞的神色似乎有些為難，但最終什麼都沒有說，只是溫柔的摸了摸菲莉亞的頭。

羅格朗先生的表情和馬丁差不多，他幾次欲言又止，最後被安娜貝爾拉走了。露西和管家儘管恪盡職守，但菲莉亞仍然感覺到他們看自己的眼神似乎和過去不同。

老實說，做出這個決定，菲莉亞自己都覺得心跳得很快。

雙方都洗漱完畢後，兩人又在瀰漫著某種古怪的旖旎氣氛下，一點都不輕鬆的聊了一些無聊的話題。

月色漸漸升到半空中，比艾斯白天略暗的皎白月光柔柔照進屋內，終於到了不得不睡的時候。

菲莉亞緊張的抿了抿唇，身體不由自主地坐正，率先道：「那、那個，我有點睏了，我們睡吧。」

「好、好的。」歐文僵硬的回答道，大腦卻在同時飛快的運轉起來。

——菲莉亞這句話是什麼意思？單純的睡嗎？直接睡嗎？睡在床上嗎？兩個人一起睡在床上嗎？等等，這種情況下我是不是應該主動去睡地板？地上有地毯，打地鋪應該不要緊，而且現在春天了並不會特別冷……還是說應該睡到衣櫃裡去？不對，這個世界大概只有我爸會睡衣櫃裡……

「啪！」

歐文胡思亂想的時候，菲莉亞已經熄了燈，房間立刻陷入一片寂靜的昏暗中，而靠著明亮的月光，兩人能夠看清楚房間裡的景象，和彼此的表情。

菲莉亞小心翼翼的蜷縮在床的一側，空出另一邊的大半空間，同時把自己一部分身體放進鋪開的被子裡，只露出腰以上的部分。由於之前就換上了睡裙，柔軟的布料勾勒出菲莉亞身體的曲線，她的胸口隨著呼吸小幅度的起伏著，卻比平時侷促一些，她眼睛亮亮的看了他一眼，隨後閉上，漂亮的睫毛在眼瞼下打下陰影。

看著眼前的景象，歐文頓時呼吸不暢。

雖然平時兩人親親摸摸已經很習慣了，可晚上睡在一起過夜還是第一次。

菲莉亞的肢體動作似乎表明了她的意思，她給歐文空出了睡覺的空間。

歐文在擔心了一秒鐘「會不會是菲莉亞本來就習慣這麼睡」以後，定了定神，還是試探的躺在她身邊，只不過沒敢鑽進被子裡。

菲莉亞的床鋪依舊是學生時代那張，因此並不是雙人床，對歐文的身高來說顯得有些短了，他不得不曲起手臂和腿，這才勉強全身躺在床上。同時，哪怕他有意拉遠距離，和菲莉亞之間卻還是靠得很近，歐文彷彿能嗅到菲莉亞柔軟溫暖的呼吸的味道。

——好想繼續靠近，然後抱住她……

——可是不敢。_(:3)∠)_

兩個人睡同一張床還是有點擠，歐文使勁避開，特意將手臂從上面伸直遠離菲莉亞，這才勉強不會碰到她。但這樣一來，他就變成只要一勾手就能將菲莉亞撈進懷裡了，簡直太考驗自制力。

——難道這才是菲莉亞的媽媽安排我們一起睡的目的？她現在不會正用什麼方法觀察房間內的情況吧？一旦我做出什麼不軌的行為就衝進來之類的……菲莉亞特殊的體質好像本來就是傳承自母親這邊……

明知道人類沒有那種可以偷窺的手段，歐文仍然止不住胡思亂想，好像只有這樣才能勉強讓他從腦海中關於要不要服從慾望的激烈爭鬥裡獲得暫時的喘息。

——可以抱住她嗎？只是抱住的話應該不要緊吧？她會不會已經睡著了，萬一不小心把她弄醒不太好吧？但睡著抱住她的話，菲莉亞應該也不會知道……到底可不可以抱？可惡好想抱住她，但抱住之後肯定又會想做點別的事……

光是想想，歐文便不由自主煩躁起來，連初春的溫度都燥熱得令人焦急。

歐文總覺得今天菲莉亞的舉動是在暗示他可以更進一步，甚至她對此有所期待的樣子，但他又不敢十分肯定，害怕太過冒進的行為會嚇到菲莉亞。

以他們目前的感情，菲莉亞應該不會因為他過於猛進的行為就生氣或討厭、疏遠他，說不定她還會覺得是自己承受力的錯，但即使如此，歐文也不希望自己的行為會讓菲莉亞難過或不高興，給她帶來不好的體驗。

而這個時候，菲莉亞其實也覺得很煎熬。

菲莉亞：歐文怎麼還不靠過來啊？再不過來我要睡著啦……QAQ

又等了一會兒，菲莉亞覺得自己躺在枕頭上的頭都要僵掉了。

——難、難道要我主動過去？可是果然還是有點不好意思，而且總覺得每次都是我這邊比較急好丟臉啊嚶嚶嚶……

——難道歐文已經睡著了？要不看一眼？可、可是不敢睜眼啊嚶嚶……QAQ

最後菲莉亞還是睡著了。_(:3)∠)_

菲莉亞這一晚睡得很好，只是心情有點鬱悶，要知道她之前擔心鐵餅半夜跑過來要一起睡，還特意提前交給哥哥照看一晚了。

菲莉亞揉著眼睛從床上坐起來，卻發現歐文已經不見了。她的身側有個陷下去的淺淺的凹坑，似乎表明歐文離開還沒有多久。

菲莉亞揉揉眼睛，四處尋找了一下，最後在窗外看到了歐文。

歐文正在和早起練劍的安娜貝爾說話。

由於一夜未眠的做思想鬥爭，歐文精神並不好，他甚至覺得剛剛從伊斯梅爾那裡接班熬夜處理公務的時候都沒有昨晚那麼累，現在整個後腦杓都隱隱作痛。

「瓊斯女士。」歐文其實覺得這個稱呼很奇怪，但目前又沒有更好的稱呼，他捏了捏自己的鼻梁，這是過去戴眼鏡時不小心養成的習慣，「我……我還是換一個房間住吧。這裡有別的客房嗎？」

歐文之前在這裡借住的時候，安娜貝爾還沒有搬回來，且以他對人類習俗的瞭解，知道一般來說在海波里恩的家庭裡都是父方比較有發言權。不過從歐文昨天觀察到的情形來看，似乎安娜貝爾才是這個家的中心人物，儘管她甚至不是這棟房子的產權人。

所以，天才剛亮，歐文就從床上爬起來找安娜貝爾說這件事了，和菲莉亞睡在一起，他無論是精力還是體力都吃不消，估計每天晚上都要睜眼到天明。

然而即使百般忍耐，早晨還是破功了，他在臨走前親吻了菲莉亞，這讓菲莉亞在睡夢中皺了皺眉頭。哪怕是這樣無意識的動作和神情，歐文都能從中感受到強大的誘惑，這讓他更加確定之前感覺到的邀請應該是錯覺，以及他真是個禽獸。

菲莉亞肯定是單純的信任他，才會這麼毫無防備的讓他躺在旁邊！然而他卻整晚都在想奇怪的事情！

發現自己辜負了菲莉亞的信任，歐文感到十分愧疚，並陷入自我厭棄之中，忍不住嘆了口氣。

安娜貝爾沉默的打量了一下精神不振的歐文。

他一看就是昨晚沒有睡好的樣子，魔族大多皮膚白皙，因此歐文眼底遮掩不住的青黑亦分外明顯，再加上疲憊的神情和萎靡的精神……

停頓幾秒鐘，安娜貝爾點了點頭，接著便不再搭理歐文，自顧自的繼續揮動重劍。

於是，吃早飯的時候，菲莉亞就得知了歐文要申請單獨睡一個房間的噩耗，這令她不禁懷疑自己是不是真的缺少一點魅力。

▶◇◀◎▶◇◀

儘管菲莉亞對於又沒有睡成歐文這件事很失望，但她並不能耿耿於懷太久，因為這一天預訂的行程是兩個人要一起進入宮殿與人類的國王一家碰個面，商定舉辦兩國友好宴會的具體事宜。

國王的宮殿是整個王城最顯眼的地方，菲莉亞無論是從自己家、哥哥的住所、集市、羅格朗先生的商行或是皇家護衛隊辦公室的位置看出去，都能看到那座白牆藍頂的漂亮城堡，但她從來沒有機會進去過，城堡周圍雪白的圍牆就像是童話與現實的分界線，斷開了貴族和凡人的世界。

瑪格麗特和卡斯爾倒是有機會出入皇宮的樣子。不過瑪格麗特每次提起皇宮時，臉就會皺成一團，好像很嫌惡的樣子；卡斯爾倒是沒有那麼反感，菲莉亞問起的時候，他只是哈哈哈的回答「那也只不過是個用石頭堆砌起來的普通房子而已」。

雖然他們兩個人都沒有表現出對國王宮殿的喜愛，但沒有進去過就是沒有進去過，菲莉亞始終懷對於整個海波里恩最氣派、最高貴、最具政治意味的建築抱有嚮往，這種從童年時代就開始的好奇，哪怕在見識過並不輸給國王城堡的魔王城堡之後，也依舊沒有消失。

今天，菲莉亞終於有機會進去了。

在來之前，歐文已經提前和人類一邊打過招呼，說過會在正式會見之前，先在今天安排私下見面，僅僅是國王、王后、魔王和魔王未婚妻四個人的單獨會面。因為人類君主並不是靠戰鬥力上位的，所以允許他們為保證安全可以安排幾個可靠的侍衛。

明明見面的一切細節都已商確好，但歐文和菲莉亞試圖進入王宮大門的時候，竟然還是被門口的守衛攔下了——

歐文走過來的時候圖方便，仍然維持著一頭金髮的造型。

其實以魔族的習慣，直接用魔法奔進他們約好見面的會議室也行，走大門純粹是出於禮貌以及想和菲莉亞手牽著手一起在初春的街道上散個步，於是歐文也懶得和他們爭辯，只是默默催動魔法，褪下頭髮上掩護的金色和眼睛的淺灰。

接下來，菲莉亞欣賞到了活生生的「臉色大變」。

即使早已知道魔王進人類宮殿肯定會受到圍觀，但這一切真正發生的時候，仍然令人怪不自在的。在他們被驚魂未定的守衛們領到會議室的過程中，沿途經過的僕人、大臣、貴族和女眷都面露驚恐的睜大眼睛往他們這邊瞧，還自以為看得隱蔽。

他們不只是看歐文，當然還看被歐文以親密的姿態護在懷抱裡的菲莉亞。菲莉亞本來就不是那種習慣於他人目光的人，因此只好盡量把自己埋在歐文的斗篷裡。

短短幾分鐘的時間，由於被行注目禮的關係，拖得和幾個月一樣長。好不容易，他們終於抵達了會議室。

就像說好的那樣，會議室裡只有國王和王后，以及負責保護他們的皇家護衛隊總隊長約克森女士，剩下幾個守衛緊張兮兮的守在門口。

對上菲莉亞的目光，約克森女士在國王和王后看不見的背後衝菲莉亞略一頷首。

「你、你好。」

國王和王后一起站了起來，他們兩個人的臉上都明顯帶著不安。打量了一下歐文和菲莉亞，國王不太確定的問道：「那、那個，請問你就是魔王歐文．黑迪斯嗎？」

難怪國王不確定，歐文今天的穿著相當低調，就是普通的黑色魔法袍加斗篷，相較於盛裝打扮、一身金燦燦的國王夫妻，他看起來一點都不像是魔王。

菲莉亞問過歐文為什麼總穿深色的袍子，歐文的答案是「耐髒」。

這時，歐文點了點頭，在工作的時候，他看起來總是特別鎮定，不管面對什麼場合都不會驚慌失措，一副胸有成竹的樣子。

「我是歐文．黑迪斯，這是我的未婚妻菲莉亞．羅格朗。」他頓了頓，看向國王一方，問道：「你是愛德華．懷特？」

愛德華三世艱難的點了點頭。

等好不容易進行完社交場合無聊的寒暄，大家總算可以坐下來商量細節了。菲莉亞第一次進入宮殿，之前因為被人看的關係，只顧埋著頭走路，此時發現國王和王后這樣遙不可及的人對作為魔王的歐文竟然帶著畏懼，菲莉亞不知怎的就安下了心來。

國王和王后也是人，沒什麼特別的，他們也會有對不熟悉的人事物害怕和恐懼。就像歐文雖然是魔族又是魔王，但他也是自己認識並且喜歡的那個歐文一樣。菲莉亞忽然明白了卡斯爾學長所說的「宮殿也只不過是個用石頭堆砌起來的普通房子而已」的意思，她慢慢吐了口氣，將之前一直偷偷縮著的背挺直。

商量細節並沒有用很多時間，大部分事情都是已經有初步計畫的。國王戰戰兢兢問了歐文一些關於魔族忌諱的習俗問題，免得在友好宴會這種重大場合上表現失禮。

菲莉亞總算明白為什麼最近幾任的王族總被說成是「平庸」和「毫無建樹」了，明明他們在這裡才是主場，但由於太過畏首畏尾，乍一看竟然像是冷靜坦然的歐文才是這裡的決策者一般，看起來十分違和。相較於過去遇神殺神、遇佛殺佛，最終將海波里恩擴展到大半個大陸的前幾任國王，現在的王室果然太過安於現狀，被安穩的生活養得失去獠牙了。

明明海波里恩擁有崇拜勇者的風氣，這些國王當初也是從勇者學校畢業的。

不過，這倒也不是什麼壞事，現在並不是亂世。如果換作是以前的王族，恐怕未必會那麼容易接過魔族遞出的橄欖枝。

一個多小時後，他們正式敲定了宴會的細節，以及「魔族友好訪問交流團」到來的具體時間，並且決定近期在兩國境內都建造自從海波里恩統一後就被人們遺忘許久的大使館，這無疑為下一步魔族和人類擴大貿易、開放郵政和旅遊、加快文化、戰鬥、鍊金術與魔法等交流做好了準備。

菲莉亞在艾斯時，也算看了一年歐文的工作，對政治上的術語不至於兩眼一黑，但聽了一個多小時難免有些頭昏腦脹，在聽到終於結束了，忍不住長長呼出了口氣。

另一邊，愛德華國王正試探詢問歐文和他的未婚妻想不想體驗一下「海波里恩特色皇家下午茶」、繼續增加兩國友情時，歐文看了眼偷偷揉著眼角、努力想忍住哈欠的菲莉亞，果斷選擇了拒絕。

第七章 魔王的未婚妻正式亮相

宴會的時間定在一個月以後，如果不出意外，這將是海波里恩王國近千年來最盛大、最隆重的一次宴會。規模之大，或許只有當年人類驅逐矮人後那長達十天的大肆慶祝才能勉強與它媲美。

為了這一次宴會，早在一年前國王宮殿就開始了整改，如今整改已經接近尾聲。王室的居所即將呈現出百年來最美麗、最金碧輝煌的樣子，光是想像就令人期待萬分。

不過，也有人質疑國王這次修建其實並不完全是為了招待魔王，他早有意圖再次擴大宮室並修築新的宮殿，只是一直苦於沒有合理的名目來動用財政罷了。這一次，趁著與艾斯達成友好關係的機會，愛德華三世終於有機會下手謀私了。

當然，這種聲音僅僅來自於少數的大臣。大部分人都認同「千年來的和平值得最高等的禮遇」的觀點，因此並不反對國王翻新宮殿，反對的話語很快就被歡慶的浪潮徹底淹沒。

宴會開始的十天前，包括迪恩在內的魔族友好交流團終於抵達王城。為了這一天，王城特意為魔族代表團途經的路段清了道，並且用很高的禮節表達了歡迎。居民們暫時不能走到路上，但可以在兩邊的房子裡觀看，於是家家戶戶都有幾顆頭從窗戶探出來，好奇的朝外打量這群黑髮紅眸的外鄉人。

儘管歐文實際早已抵達，但他還是裝模作樣的戴著魔王之角出現在馬車裡。馬車採用了半透不透的帷幔設計，隔著帷幔，大家能夠看到歐文戴著魔王之角的輪廓、醒目的黑髮以及深色的袍子，但無法看清楚臉的樣子。

人類沒辦法感覺到魔王散發出來的龐大的魔力氣息，因此留有一點足供想像空間的距離感，反而顯得更神秘，容易讓人產生對魔王的敬畏，同時也符合大多數人對魔王的期待。

除了魔王以外，大多數魔族仍然是走在隊伍外面的，所有人都能清楚看見他們統一而鮮明的黑髮紅眸。

對於大多數王國之心的居民來說，無論是老或少，這都是他們這輩子第一次見到真正的魔族，其中仍然有人懷著對魔族的惡意，對於這些千古以來的敵人感到厭惡，但不可否認，所有人都對他們感到新鮮和好奇。

魔族走得很快，沒一會兒就消失在國王的宮殿內，國王會在宮殿裡為他們安排住所，直到宴會開始。

不過，也有例外。

魔族友好交流團裡的唯一一個人類——迪恩——等團隊一抵達王宮，他就連蹦帶跳的跑回了自己家。

作為人類，迪恩自然在魔族的隊伍中相當引人注目，尤其他還很沒有自覺的走在顯眼的位置，毫不顧忌的不停和一起來的女僕說話。她本來並不是安排在交流團裡的，但在迪恩這個人類駐魔族大使的一再要求之下，才硬被塞進來。

另外，歐文和菲莉亞實際上也沒有住在國王在宮殿為他們安排的房間裡，他們繼續住在羅格朗先生家。

由於菲莉亞一年多沒有回家的關係，羅格朗先生和安娜貝爾都有許多事情想和她聊。當然，跟歐文有關的事也要進一步開家庭會議進行商討才行。所以，在宴會之前，歐文和菲莉亞除非和國王商議正事，都沒有進入王宮的打算。

▶◇◀◎▶◇◀

轉眼，宴會這一天正式到來。

儘管差不多全國的人民都在討論這一次國王招待魔王的宴會，宴會規模亦的確龐大，但普通民眾卻只能討論，並沒有參加的機會。受到邀請的主要是目前住在王國之心的貴族、大臣和軍官，還有他們的家屬。不過，縱然如此，受邀的人數仍然在百人以上，即使國王開啟了最大的宴會廳，人們仍然能填得滿滿當當的。

第七章
CHAPTER

菲莉亞一大早就醒來了。

她自己都沒想到自己第一次有機會參加貴族的宴會，竟是像今天這種百年難遇的重大場合，因此不得不提前許多開始準備。

作為魔王未婚妻的家人，羅格朗先生、安娜貝爾和馬丁都受到了邀請。

「歐、歐文……」

雖然歐文強調多次羅格朗先生只須像以前一樣稱呼他就可以，但知道這個青年實際上是魔王，羅格朗先生實在很難以原來的方式對待他，行為難免拘謹一些，稱呼也並不順口。

「像這樣的禮服，真的沒有問題嗎？」

「嗯，放心，沒有問題。」歐文友好的笑著，「而且不會有人為難你們的。」

聽到歐文的話，羅格朗先生稍微放鬆了些，但也只是稍微而已，他實在很難不緊張。

他們一家收到邀請的時候很倉促，羅格朗先生從未想過自己一個普通的商人這輩子會有機會出席這種層級的宴會，因此他過去的禮服都不足以應對接下來需要的場面，剩下的時間去訂做趕製似乎也不太來得及了。安娜貝爾倒還可以，作為皇家護衛隊副總隊長的候選人，她直接穿著護衛隊隊服出入宴會絕不會有人說什麼的。

另外還有馬丁，仍和父母住在一起的菲莉亞尚且沒有多少合適的衣服，而從進入王城以後就變得十分獨立的馬丁就更……

越想越擔心，羅格朗先生看著鏡子裡的領結怎麼看都怎麼不對，他不由得嘆了口氣，然後將領結拆開來重新打過。

這個時候，被父親擔心著的馬丁正有些僵硬的站在鏡子前，一動也不動的接受妹妹和女僕露西的擺弄。

因為怕馬丁自己弄不清楚著裝和流程的關係，羅格朗先生提前兩天就讓他暫時住回家裡來了，這樣方便大家到時候一起出發。

菲莉亞好歹還參加過學院競賽時的雪冬節舞會，在艾斯時偶爾也會參加一些小規模的聚會，但馬丁從來沒有參加過任何類似的活動，即使羅格朗先生曾邀請他參加商行的交流會和慶祝會，他也拒絕出席。馬丁身上的那套禮服看上去還很新，但款式卻已經舊了，大概是自從訂製來以後就幾乎沒有穿過，甚至由於馬丁直到二十多歲還稍微長了一點個子的關係，這套禮服就顯得不太合身了。

他顯然對於身上這種遠比常服款式刻板又略有幾分緊的服飾感到極為不習慣，在菲莉亞替他整理衣領的時候，馬丁一直緊緊鎖著眉頭，「菲莉亞，我……」

馬丁擔憂的開口：「我就這樣去參加宴會的話，會讓妳感到丟臉嗎？」

「不！怎麼會！」菲莉亞連忙搖頭否認。

菲莉亞知道哥哥指的不止是他那套禮服款式尺碼的問題，還有禮節、性格方面的原因。馬丁並不是那種善於交際的個性，真要說起來，他更習慣於傾聽，亦不太出入喧鬧的場合，進到王宮後，肯定會和整個宴會的氛圍格格不入。

但菲莉亞她將來極有可能是前所未有的人類魔后，注定成為今晚乃至此後幾天的焦點中心，她的家人亦會因此受到關注，不管是馬丁還是羅格朗先生，感到焦慮都是正常的。

等整理好馬丁的衣服，已經是十幾分鐘以後了。

儘管禮服不算太得體，但不得不承認，馬丁仍然是個相當英俊的男人。他處在對男性來說很重要的青年階段，完全褪去十幾歲時的青澀，卻距離成熟滄桑還有很遠的一段路要走。馬丁那頭棕色的短髮不需要特別梳理，也會平順的貼在額前，末梢略帶的一點彎曲增添了幾分優雅的感覺。由於常年待在缺乏光照的工作室裡，他的皮膚相當白皙，且身材高瘦，這似乎隱約偏離了海波里恩的人們對健康和充滿活力的審美，幸好他標準的五官略微彌補這種缺憾。和妹妹菲莉亞一樣，馬丁是那種不會太有侵略性的長相，無端的讓人覺得溫柔，再加上他的身材和性格，形成了一種難以描述的平和的氣質。

上下端詳著裝完畢的哥哥，菲莉亞覺得還算滿意。

想了想，菲莉亞決定暗中幫一把自己的好友，道：「哥哥，今天瑪格麗特也會去的……要是擔心沒有人說話會很突兀的話，就和瑪格麗特在一起吧。」

▶◇◀◎▶◇◀

和海波里恩傳統的大部分宴會一樣，這一次的宴會在傍晚時分開始，將持續狂歡到第二天凌晨為止。對於這類活動有經驗的貴族們，都會在中午提前補眠。雖說今天才是主宴，可接下來幾天都會連續歡慶，是相當消耗體力和精神的。

然而菲莉亞一家並不清楚這些細節，即使清楚也不敢浪費時間，因此他們從早上便開始準備，還借了一些歐文的魔族女僕來幫忙。

家裡走來走去的魔族加劇了羅格朗先生、安娜貝爾和馬丁關於菲莉亞是魔王未婚妻的實感，同時也讓人不太習慣。但是不可否認，魔族僕人的加入極大的提高他們準備的效率，臨到黃昏時分，終於勉強全都打點好了。

由於菲莉亞出席的身分是魔王的未婚妻，她並沒有穿過去羅格朗先生替她訂製的禮服，而是穿了偏向於魔族傳統風格的古典長裙，這是在艾斯的時候為了出席一些活動，歐文請冰城的裁縫訂做的。

大多數貴族們更換禮服的次數很頻繁，差不多每個季度都要淘汰掉過時老舊的衣服，更有甚者，每次宴會都會穿全新的禮服，同一件服裝絕不穿第二遍。如果打扮不夠入時，或者每次都只輪換同樣的衣服，在社交場上會遭到嘲笑，無法按季更換禮服的人則會被視作沒有品味，或者身分已經沒落。總之，這是相當重要的門面。

不過，海波里恩的流行時尚對菲莉亞來說已經無關緊要了。反正這裡的貴族大多對魔族文化漠不關心，更不可能知道魔族的當季潮流，她穿什麼都沒有問題。

艾斯的服裝其實和海波里恩有不少相通之處，只不過可能是因為魔法師更注重傳統的關係，魔族那邊的禮服更接近於舊時代服裝的原貌，同時顏色更深、更沉穩，極少有粉色、白色、黃色之類活潑鮮豔的色彩。

比如菲莉亞今晚穿的就是一條淺灰色的垂地長裙，背後的束線和勒緊的腰帶勾勒出她曼妙的身段，袖口、領口和胸前都有些許白色的波浪花紋作為修飾，帶有百年前經典風貌的韻味。這件禮服的總體風格沉穩而端莊，多少壓住了菲莉亞年齡上的稚氣和氣質的溫吞，稍微替她增添了幾分氣度，看上去更有身分。

這樣的禮服相較於其他裙子而言，肯定是很沉重的，露西將它拿過來的時候都難免有些吃力，幸好菲莉亞對重量並不是十分敏感，穿好衣服、整理好頭髮之後，她挽著歐文的胳膊上了馬車。

菲莉亞和歐文坐在前面一輛馬車裡，羅格朗先生、安娜貝爾和馬丁坐在後面一輛上，在即將退入地平線下的夕陽慵懶照耀下，一家人駛向宮殿的方向。

因為歐文和菲莉亞將作為重要賓客被介紹的關係，進入宮殿後，他們並未和羅格朗一家一樣被直接引入宴會廳，而是被單獨帶進二樓帷幕之後，和國王一起候場。

有過一次碰面後，愛德華三世沒有上次那麼的戰戰兢兢了，但仍然有些怵，只是勉強互相保持了一下禮節，就繼續讓女僕在他臉上補粉，稍微填補了他作為一個中年男人面頰上的皺痕。

鐘聲響起，國王就著僕人們端來的大鏡子照了照，又撫了撫衣服，清了清嗓子，挺直脊背，面帶微笑走了出來。

大家都很期待國王出現在二樓高臺上，這意味著宴會即將開始。

菲莉亞在帷幔後面聽到外頭有歡呼聲，出乎意料的歡樂熱鬧。

「女士們、先生們，歡迎你們今晚來到我的宮殿。」國王洪亮的聲音響起，「今天，是百年乃至千年來最值得銘記的時刻！今晚在這裡的你們，將親眼見證史上最重大的一幕，我們將共同被歷史銘記！」

愛德華三世說話的語調沉穩而有節奏，足見他的演講技巧很高，絲毫沒有面對歐文時的膽怯。他話音剛落，一樓的大廳中又是一陣歡呼。

他停頓了一會兒，等大家重新安靜下來才繼續說道：「我們人類，和鄰國艾斯的魔族，長年以來被互相敵對的氛圍所包圍，落後的宗教觀念和文化觀念在我們之間劃下以冰雪為界的鴻溝。但今天，這一切都將終止，我們將共同放下不理智的偏見，終止沒有意義的鬥爭，海波里恩和艾斯，將會開啟友好和睦的新篇章！魔族，將是我們新的兄弟姐妹！」

歐文：「……」

儘管愛德華三世說得並沒有錯，但因為語調太煽情了，歐文在沒有人能看見的帷幕後都感到一絲尷尬。

貴族和大臣們倒是不覺得有什麼好尷尬的，在一樓鼓掌歡呼得十分熱烈，響應國王的演講。國王對大家的態度很滿意，又咳嗽了兩聲，示意人們安靜。很快，大家又安靜下來。

「接下來，我要向你們介紹遠道而來的重要客人，魔王歐文·黑迪斯。」

歐文嘆了口氣，拉著菲莉亞從帷幕後面走出來。

在學院競賽的決賽之後，菲莉亞就再也沒有遇到過這種需要同時被那麼多雙眼睛注視的事了，更何況那些都還是她小時候想都沒想過能見到的大人物，因此菲莉亞實在很難完全不忐忑。她感到心跳加速的很快，腳步也有些不穩了，幸好歐文一直拉著她的手，令人安心的溫度從掌心傳來，讓菲莉亞漸漸平靜下來。

歐文頭上戴著魔王之角，身上是黑色的禮服，披著黑色垂地的長披肩。他一頭黑髮，面無表情，紅色的眼睛略略朝一樓掃了一圈，接著微微點了點頭，就算介紹過自己了。

和出現在交流團時一樣，這是保持神秘感的策略。這種不苟言笑的形象更符合人類群眾對魔王的想像，在公開場合太油嘴滑舌反而會被看輕。

在歐文的掃視下，一樓和二樓鴉雀無聲。

國王亦忍不住縮了縮，但在大庭廣眾面前，他還是一國之主，絕對不能怯場，故努力的不縮起來，彷彿站得依然很穩的樣子。不過，愛德華三世無論如何都不敢繼續介紹歐文了，生怕他萬一哪句介紹詞不滿意就在宴會廳裡放大招。於是，他退而求其次的看向似乎要好說話許多的菲莉亞。

「咳……還、還有這位是魔王的未婚妻，菲莉亞．羅格朗小姐。我、我很榮幸的介紹，她是我尊敬的護衛隊副總隊長安娜貝爾．瓊斯女士的愛女，是我們王城的居民，傑出而年輕的勇……重劍士，當然，也是我們海波里恩引以為傲的女兒。」

這一段話似乎是臨場發揮。

愛德華三世說得並沒有之前的開場白那麼流利，中途還想到「勇者」這個詞雖然現在意義很廣，但當初是專門針對魔族才會出現的，於是臨時改成了「重劍士」加以模糊。

順便，他還索性一下子敲定了安娜貝爾．瓊斯的職務，這一句話以後，她就是鐵板釘釘的副總隊長了，還是一百年來升官速度最快的副總隊長。

菲莉亞不知道怎麼回應才好，便和歐文一樣，安靜的對著一樓的人點了點頭。

她在人群中掃了一眼，所有人都穿著華美、妝容精緻，包括男性都將全身上下打理得一絲不苟。她在人群中看見了卡斯爾、瑪格麗特、迪恩、奧利弗和麗莎等有貴族身分的同學，她的家人站在不太顯眼的角落裡，眼神複雜的望著她。

對上她目光的時候，卡斯爾笑著朝她揮了揮手，並不在意別人的目光，嘴角兩顆虎牙在宴會廳巨大而燦爛的琉璃燈照耀下閃閃發光。瑪格麗特則只是略微頷首了一下。

瑪格麗特今晚極其美豔，她穿著花樣繁複、款式經典的禮服，妝容將她本就極盛的美貌更進一步勾勒烘托出來——比白皙稍紅潤一些的充滿活力的肌膚，湛藍的天空色眼睛，玫瑰花瓣的嘴唇，她彷彿是被天神親吻過才出生的孩子，這副驚人的容貌配以冷淡的表情，瑪格麗特如同精工雕緻的人偶一般，不染人間煙火的氣息。

她毫無疑問是當之無愧的海波里恩之花，只要有瑪格麗特在的地方，別的任何號稱美好的東西都會黯然失色。

即使是在魔王初次露面這樣的場合，瑪格麗特的美貌仍然能夠吸引到不少注意力，菲莉亞發現在場有不少人的視線都頻頻落在她的身上，似乎難以離開。那些目光中甚至包括幾位王子，其中和瑪格麗特年齡相仿的三王子理查．懷特，眼神最為熾熱。

但瑪格麗特對這些視線漠不關心，她彷彿漫無目標的在周圍流轉著視線，最終又像是不經意的落在低調藏在角落中的馬丁．羅格朗身上。

感覺有一道沒有惡意的視線，馬丁轉過頭，發現是瑪格麗特後，不禁愣了愣，繼而才回以一笑。

瑪格麗特錯愕了一瞬，連忙慌張的移開目光，臉頰泛出不自然的紅暈。

等到國王好不容易講完話，已是幾分鐘後了。他勉強擦了擦額頭上的汗，宣布道：「那麼，宴會正式開始，希望大家都能在這裡度過一個愉快的夜晚。」

國王話音剛落，候在一旁的宮廷樂隊便奏響了樂器。

歐文輕輕勾住了菲莉亞，將她徘徊在瑪格麗特和馬丁身上的擔憂目光拉了回來。他們兩個是今晚最重要的賓客，因此要跳開場舞。

歐文拉住菲莉亞的手，將她旋身拉入懷中，手輕輕擱在她的腰上。下一秒鐘，在眾人的驚呼中，兩人已消失在二樓，接著瞬間落在舞池的正中央。

菲莉亞和歐文早就不是第一次跳舞了，兩人的默契比許多年前充足了不少，菲莉亞不會再一不小心就踩到歐文的腳。他們每一個步伐都恰好落在音樂的節點上，舞姿優雅從容，即使是挑剔的人類貴族亦不得不承認他們跳得不錯。

由於歐文還在裝一個深沉嚴肅、不好招惹的魔王的關係，他沉著臉沒有笑，但菲莉亞分明從他那雙紅寶石般的眼中看到隱約的幸福的笑意。這是只有她一個人看得到的光彩，菲莉亞的心間流過一泉甜甜的暖流，心臟不由得柔軟了許多。

一曲終了，歐文和菲莉亞向其他人鞠躬，並被回以掌聲後，其他人亦紛紛伴隨著樂曲踏入舞池，頓時旋轉和踏步充盈了整個宴會廳。

這時，菲莉亞和歐文卻跑了出來，不再跳了。歐文接下來還得藉著宴會交談的機會去接觸一些海波里恩的掌權者，菲莉亞尚不習慣這種場面，因此她決定暫時和家人待在一起。

和歐文暫時分別後，菲莉亞快步往她在二樓看到的、家人站的地方走去。但她很快就感覺到自己周身黏上許多探究和打量的視線。

之前歐文在的時候，大家不敢直視魔王，但她一落單，便有許多人向她這個身為人類卻即將成為魔后的女孩看了過來。

儘管國王說過菲莉亞是個重劍士，但菲莉亞的外形看上去並沒有什麼攻擊性，不少人都對這個說辭不以為然，還以為國王是口誤之類的。

菲莉亞沒有管那些令人不舒服的目光，只是低下頭，埋頭走得更快了些。

等她好不容易走到剛才注意到的位置，卻發現只有馬丁一個人站在原地。

菲莉亞一愣，問道：「哥哥，爸爸和媽媽呢？」

「他們去跳舞了。」馬丁回答，他剛才一個人站在原地似乎正在發呆，還有些不適應的樣子，看到菲莉亞過來，明顯鬆了口氣，問：「歐文呢？他沒有陪著妳嗎？」

「他去應酬了。」

「所以……今晚妳要一個人在這裡？」

「不、不。」菲莉亞趕緊搖了搖手，「我只是出來喘口氣，等一下還要去找歐文的。」

有些時候歐文獨自應對那麼多人也會不太自然，菲莉亞先休息一會兒，之後他們還是會兩個人一起行動的。

馬丁瞭解的點了點頭，聽到歐文暫時不會過來，他放輕鬆了些。

老實說，儘管菲莉亞和歐文自己都說把他當作菲莉亞的同學和未婚夫看待就好，但要完全忘記歐文是個魔王畢竟有些困難。每次面對歐文的時候，馬丁仍然會覺得有些壓抑。

只有菲莉亞一個人的話，馬丁還是在舒適區內的。

他仔仔細細端詳了一下菲莉亞今晚的樣子，真誠的誇獎道：「菲莉亞，妳今晚很漂亮。還有，妳剛才的舞跳得也很好……一年多不見，感覺妳變得不一樣了。」

「謝、謝謝。」

被哥哥這麼認真的誇讚，菲莉亞感到些許不好意思。

兩人又聊了一會兒，菲莉亞便忍不住打量四周。

按照一般情況，瑪格麗特應該主動來找哥哥了才對，但不知怎的，她突然找不到瑪格麗特的身影，明明之前在二樓的時候還看到她。

菲莉亞感到有些奇怪，遲疑了一下，正要開口詢問，忽然，從離他們很近的地方，一些輕飄飄的對話用恰恰好能讓他們聽到的聲音傳了過來。

「那個是魔王未婚妻的親戚？看上去真……平民啊。」

「聽說他們的母親是皇家護衛隊的副總隊長……我還是第一次聽說有這麼窮酸的副總隊長呢。」

「他身上的禮服是前年的款式，還是大前年的啊？好像還不是很合身，該不會是去租來的吧？」

「果然，只有這種卑賤的人家才會讓女兒去勾引魔族，大概在海波里恩沒什麼成就，所以才會去抱魔王的大腿吧。」

帶著惡意和嘲諷的聲音刺耳的鑽進耳朵裡，他們顯然是故意讓菲莉亞和馬丁聽見的。

對魔族充滿厭惡感，以至於嘲諷和魔王有親密關係的菲莉亞的人大有人在，菲莉亞並不是不知道。

馬丁的臉慢慢紅了起來，顯然他也聽到了他們的話。

「……別管他們，哥哥。」菲莉亞輕聲道，對於這種話，她的抵抗力比馬丁要強，「他們只是一群無聊的人。」

有教養的人是不會說出這種話的，瑪格麗特和卡斯爾就從來沒有說過。這些人的語言，只能充分展現出他們的無知和狹隘。

見被挑釁的兄妹兩人沒有反應，說話的人似乎很不甘心，其中一人忍不住拔高了聲音，用半徑兩、三公尺內的賓客都能聽到的聲音道：「選這種鄉下來的女孩當未婚妻，我看那個魔王的品味不過如此，說不定腦袋還不太清楚，真不明白國王陛下為什麼要和那種腦袋裡滿是漿糊的魔王簽和平條約！」

此言一出，對方周圍的幾個小夥伴亦紛紛附和。

菲莉亞身分特殊，不想惹是生非，而且跟這種明顯懷揣著惡意的傢伙也沒什麼好說的，她抓著馬丁要走。這時，忽然近處傳來「砰」的一聲。

菲莉亞回過頭，發現是羅格朗先生和安娜貝爾回來了。

安娜貝爾是皇家護衛隊的身分，在沒有特別合適的禮服的情況下，她索性穿著護衛隊隊服來了，這樣還能順便和其他士兵一起維護現場的秩序。那身挺拔威嚴的鎧甲無疑增加了安娜貝爾周身的氣勢，在她擰著眉頭的注視下，剛才說胡話的人全部都下意識的一顫。

跳舞的時候圖方便，安娜貝爾並沒有帶上與制服配成一套順便帶來的重劍。但此時跳完舞，她又將重劍取回來了，剛才的巨響，就是她用力將劍放在地上的聲音。

安娜貝爾對自己力量的掌控一直很不錯，她剛才的那下用力正好，既能起到威懾作用，又不至於震碎地板。

嚼舌根的貴婦人被她嚇了一跳，下意識畏縮了一下，但沒過多久，她又強撐著挺了挺胸膛，怒道：「妳幹什麼？我什麼都沒有做！就算妳是護衛隊的副總隊長，也不能因為私怨傷害我！」

對方越想越覺得自己說得對，理直氣壯抬起了下巴，睥睨著安娜貝爾。

「不……什麼私怨？」

安娜貝爾怪異的盯著她看，並朝周圍那些明顯和她一個陣營的人身上掃了一圈，看得那群人渾身發怵。

定了定神，安娜貝爾面無表情嚴肅的說道：「我聽到這裡有人質疑國王陛下的決定。我懷疑你們是國內反動分子的間諜或者有謀反的企圖，試圖在今晚散播煽動性言論。今晚對國王陛下來說是非常重要的場合，為了保證國王陛下和在場賓客的安全，我以皇家護衛隊副總隊長的身分暫時拘捕你們，等這幾天的慶典結束後再進行進一步的審理。」

謀反企圖和反動分子可是很大的罪名，貴婦人的臉色霎時慘白，瞪大了眼睛驚道：「什麼？！我沒——」

「我作證，她的確是個種族主義分子，對如今王室的政策早有不滿，剛才也的確說了質疑和平條約的話。」這時，一旁的另一位貴婦人插話，頓了頓後，她繼續補刀：「副隊長，不瞞妳說，我早有同樣的懷疑。請妳務必調查清楚，這位伯爵夫人很可能有造反的企圖，對了，還有她周圍這群人。」

這兩方貴族太太顯然是積怨已久，這一位剛剛說話，她身後的太太們紛紛竊笑起來，不嫌事大的連連點頭。

安娜貝爾正色道：「妳還有什麼要說的嗎？正是如此，麻煩妳暫時跟我走一趟了。如果妳們確實沒有謀反意圖，我不會對妳們怎樣的。」

說罷，她又回頭看作證的幾位貴婦人。

「還有妳們，女士們，等一會兒我會再回來做筆錄，麻煩妳們先不要離開。」

她們自然暗笑著連連點頭。

菲莉亞目瞪口呆的看著安娜貝爾快刀斬亂麻的處理好一切，然後就走開了，甚至都沒有看她和馬丁。由於訊息量太大的關係，菲莉亞還有些發懵。

馬丁亦有同樣的感覺，兄妹倆對視了一眼，一時不知怎麼辦才好。

羅格朗先生好像已經習以為常，他已經與偶然遇見、有生意往來的貴族聊起天來了。

菲莉亞和馬丁默默互看一會兒，想了想，菲莉亞問道：「哥哥……不如，我們還是去找瑪格麗特吧？」

說完，她仔細打量馬丁的神色，對自己的心思有些心虛。

湊巧經過剛才的事，馬丁也不想繼續留在這個地方了，因此點點頭，淡淡一笑。

「好啊。」

第八章 哥哥心裡的那個人

兄妹倆在宴會廳裡找了一圈，發現瑪格麗特似乎並不在裡面。於是菲莉亞和馬丁索性走到了外頭，吹著早春迎面而來的涼風，菲莉亞被宴會廳裡浮躁喧鬧的人氣弄得昏昏脹脹的腦袋總算清醒了些，她忍不住舒服的嘆了口氣。

國王的花園自然和他的居所一樣，既精緻又有皇室的威嚴。花園小徑的兩旁種滿了半人高的薔薇叢，此時正值花季，無數飽滿的白薔薇驕傲的綻放在葉叢間，恣意炫耀著自己作為宮廷之花的美麗。

菲莉亞不禁想起了魔王城堡的花園。魔族的宮廷之花是月光玫瑰，艾斯獨有的品種，它的花季和大多數花朵不同，是在最冷的三個月綻放的。月光玫瑰會在沐浴過極夜時期月光的第三天開放，花朵本身是會發光的，因此並不能用普通的顏色來形容。在艾斯晝夜不分的黑暗中，月光玫瑰如同地面上的星星。

據歐文說，月光玫瑰只能在艾斯生長、在艾斯綻放，一旦離開這片被常年冰雪覆蓋的土地就會枯萎，是名副其實的魔族之花。

在艾斯的所有城市中，首都冰城的月光玫瑰是最名貴、光澤最純淨的，尤其是魔王城堡中的玫瑰。因為它們需要沐浴魔力的氣息來生長，越強大的魔力越能刺激它們生長，而魔王城堡無疑是最好的地方。

所以，為了培育出漂亮的月光玫瑰，有的花匠會靠冰獸的冰晶來種植它們。

此時，沐浴在銀白色的月光下，國王花園裡的白薔薇有些像魔王城堡中的月光玫瑰，菲莉亞不禁有些恍惚。

此時兄妹之間的氣氛很安寧，兩人都默默的平靜下來。

忽然，馬丁說道：「我很抱歉，菲莉亞。」

「那不是你的錯！」意識到哥哥還在意剛才的事，菲莉亞連忙擺擺手，「他們只是討厭我和歐文而已……就算不是因為禮服，他們也能找到別的地方來嘲諷的。」

說著，菲莉亞的神色不禁有幾分黯然。

「我知道。」馬丁略一點頭，他淺笑著看著菲莉亞，語氣一如既往的平靜而溫柔，「但是我的確不是一個配得上妳的哥哥。」

略微停頓了幾秒，馬丁淺棕色的眼睛裡蘊藏著悲傷的色彩。

「我自己也知道我既不擅長交際，也沒有別的什麼出眾的才華。抱歉，菲莉亞，如果我再優秀一點就好了。」至少可以讓妳少一些被非議的弱點。

「不、不是的！哥哥本來就很優秀了……」菲莉亞焦急道，由於太過著急的否認，她說話甚至又開始有些不流暢了。

菲莉亞搜腸刮肚的想著馬丁的優點，語無倫次道：「你很溫柔啊！而、而且很善良，善於為他人著想，從來不會生氣……還、還有爸爸也說，你之前設計的矮人機械非常厲害，只差一點點就可以成功了……」

馬丁如今已經不是學徒了，是正式的矮人機械師。按照羅格朗先生的說法，還從來沒有哪個學徒能只用這麼幾年就出師的。當然，這和馬丁十分努力撇不開關係，但他或許的確擁有一些和別人不一樣的靈感和天賦。

這幾年矮人機械的發展突破的很快，羅格朗先生的生意也漸漸好了起來，儘管仍然算是相當冷門的產業，但最近隱隱有見熱的趨勢。但大部分的機械師仍舊是按照從矮人遺跡裡出土的設計圖來製造機械，而即使如此，成功率仍然達不到百分之七十。目前為止，成功製作出自己設計的東西只有羅格朗先生一人而已，但也只不過是機械花一類的小玩意兒。

馬丁才二十二歲，在同行中算是絕無僅有的年輕，他的設計險些成功是很驚人的事，每次說起馬丁的未來還有數十年的光陰可挖掘，羅格朗先生的表情既興奮又驕傲。

除了這個，在菲莉亞心裡，哥哥還有一個優點，只是她從未和任何人說過。

她如今已經知道自己擁有不同尋常的體力了，小時候把哥哥扔出去砸壞一面牆的事估計也不是誇張。當時，馬丁也只不過是個幾歲大的小男孩而已，他能活下來並且健康的成長到今天，實在不能只用運氣好來概論。

此外，按照瑪格麗特的說法，當初在冬波利入學考試的時候，是馬丁將她從那個深洞裡揹出來的。以那個洞的深度，這種事菲莉亞能做到，一些訓練有素的強力量型戰士或者體力優秀的普通戰士應該也行，可那絕不是普通人就能輕易辦到的事……

聯想到母親力量很強、自己力量很強，菲莉亞覺得哥哥或許也一樣，只不過他從來就不說，且從來不用罷了。

這樣算優點嗎？

就在菲莉亞猶豫著和自己一樣的特性能不能誇的時候，馬丁看著她笑了笑，伸手像小時候一樣摸了摸菲莉亞的頭。不過怕將她的髮型弄亂，馬丁很小心且很輕柔，幾乎沒有用力。

他道：「謝謝妳，菲莉亞，我……」

「——瑪格麗特！妳不要再壓抑妳的感情了！讓自己這樣痛苦有意思嗎！」

突然，馬丁尚未說完的話，被白薔薇花牆背後突兀激動的男聲一下子打斷。

菲莉亞和馬丁皆是一愣，這才發現他們不知不覺已經走到了宮殿花園的深處。菲莉亞尤其吃驚，這道男聲對她來說很陌生，但又好像似曾相識，一時想不起來究竟是誰，可對方竟然準確說出了瑪格麗特的心情！要知道，瑪格麗特對哥哥抱有好感這件事，在這個世界上，除了瑪格麗特自己，就只有菲莉亞知道了。

不知怎的，菲莉亞下意識的抓著哥哥躲到了花牆後面。

「菲——」

馬丁有些困惑，但菲莉亞連忙制止他說話。她也覺得偷聽偷看的行為是很不正確的，但她忍了忍，依舊按捺不住好奇心，從花牆的縫隙看了出去。

正在和瑪格麗特對話的人，是三王子理查．懷特。

瑪格麗特對他的話顯然也很震驚，她臉色一變，皺起眉頭，「……你知道？」

「是，我知道！」理查昂首挺胸的回答，他的目光深情而悲痛的凝視著瑪格麗特。

瑪格麗特的眼神越發銳利，話裡已經透出警惕：「你怎麼知道的？」

「我怎麼可能不知道啊，瑪格麗特！」理查的聲音不自覺的拔高，他大概以為所有人都沉浸在盛大的宴會之中，僕人們也在大廳周圍忙碌，絕對不會有人在這時走到這麼深的花園來，因此格外放縱。

停頓了幾秒，理查痛苦的閉上眼睛，繼而又睜開，彷彿下定了什麼決心。

「我當然知道妳喜歡我啊，瑪格麗特！妳的每一絲心情都無法逃脫我的眼睛，因為我們的心情完全是相同的。瑪格麗特，我也喜歡……不，我愛妳啊！」

瑪格麗特：⋯⋯？？？

菲莉亞：⋯⋯啥？Σ(つ ﾟДﾟ;)つ

馬丁：！！！

理查沒有發覺在聽到他說的話以後，現場有三個人的心情陷入了各式各樣的混亂狀態。

他沉浸在自我想像出來的一段如同法蘭西斯．曼所撰寫的戲劇《黑玫瑰勇者》那般——羅曼蒂克又悲慘絕倫的愛情之中。毫無疑問，他和瑪格麗特就是被上天選中的兩個人，他們注定相愛，卻又注定飽嚐思念之苦，他們的愛情會比任何文學裡的描述都要更加深刻。

是的，理查知道瑪格麗特愛他，從數年前，他們還在參加學院大賽時就知道。

在他參加第一場比賽的時候，瑪格麗特刻意過來為他加油，卻只敢遠遠的看著他，不敢靠近；雪冬節舞會的時候，瑪格麗特不得不和對她死纏爛打的男孩子一起參加，還湊巧碰到他和蘇珊娜，瑪格麗特使勁裝作對他毫不在意的樣子，卻又忍不住吃醋和蘇珊娜發生衝突；後來排名賽的時候，瑪格麗特終於碰上了他，她既為能和他近距離接觸而難以掩飾的高興，卻又為不得不攻擊他而痛苦，那一場比賽瑪格麗特明顯沒有發揮出實力，結束之後，他還看到她一個人偷偷躲在角落裡露出痛苦的神色⋯⋯

在學院比賽之後，他們還有幾次在貴族宴會上相遇，儘管瑪格麗特努力和他保持距離，對他愛答不理，但是他仍然讀懂了她少女的心。

在注意到瑪格麗特愛上他的情況下，理查對她的感情也與日俱增。她的家室、美麗、聰慧……是了，理查很確定，在這個國家裡，只有瑪格麗特是足以和他匹配的女人，他們還都是勇者學院畢業的！

以往理查還能按捺住自己的感情，享受又煎熬著瑪格麗特對他的愛慕和若即若離，但今晚，看到瑪格麗特如此盛裝、如此美麗的模樣，她的每一絲呼吸都似乎隱含著邀請，她從他身上飄過的眼神似乎夾雜著幽怨，理查再也無法忍耐下去了，他一定要告訴她，他們的感情是一樣的！沒有一分一毫的不同！

想到瑪格麗特是為了吸引他的視線才如此盛裝打扮，他就不由自主的渾身燥熱。

理查很清楚，瑪格麗特一進入宴會廳就在尋找著自己的身影，她的眼神假裝不經意的從他身上掠過整整三次！天吶！她的演技真好，他差點就要相信她對他沒有感情了！

——啊！多麼羞澀的瑪格麗特！多麼可愛的瑪格麗特！

——既然妳愛我，卻又不敢說，那就由我先來挑破這一層窗戶紙吧！

理查王子猛地上前一步，趁瑪格麗特還懵然著，衝上去一把深情握住瑪格麗特的手，用力吶喊道：「瑪格麗特！不要再苦惱下去了！沒錯，我也喜歡妳！妳沒有任何煩惱的必要！

不要再遠遠看著我了！妳這樣讓我很心痛！雖然我是王子，但妳也是威廉森公爵的獨女！只要去請求父親的話，他一定會應允我們的婚姻！我們會永遠幸福下去！」

瑪格麗特：？？？？

瑪格麗特簡直是一臉懵傻。但因為她本來就比較冷淡，所以神情上並看不出來。

而理查王子竟然也沒有察覺不對來，還以為瑪格麗特是因為太過驚喜而驚呆了，不僅如此，他從瑪格麗特比往常起伏得更快速的胸口，看出她相當的激動；從她隱隱泛出一絲紅暈的臉頰，看出她的羞澀……當然，王子殿下完全沒有想到這紅暈可能是找不到詞來反駁於是憋紅的。

見瑪格麗特被巨大而突然的喜悅沖昏頭腦、僵在原地，理查王子越發覺得她無比可愛。於是，他決定更主動一些。他定了定神，握住瑪格麗特的肩膀，俯身就要去親吻她。

這時，馬丁終於看不下去了。

「……他們……是互相喜歡吧。」馬丁眼簾低垂，難堪的對菲莉亞說道：「我們走吧，不要繼續在這裡打擾他們了。這樣……不太好。」

菲莉亞看到中途理查王子深情自白的時候，就已經焦急的快要衝出去了。

——瑪格麗特才不喜歡你啊！

現在又聽到哥哥這麼說，菲莉亞更是一陣焦慮。

——哥哥還不知道瑪格麗特喜歡他！他以為瑪格麗特喜歡三王子，怎麼辦啊！！Σ(っ°Д°;)っ

菲莉亞的腦海裡一瞬間閃過「要不替瑪格麗特把話說清楚」的念頭，但想到至今也看不出來哥哥對瑪格麗特到底是什麼想法，萬一反而害瑪格麗特被拒絕的話就不好了。

菲莉亞大腦的運轉速度達到最快轉速，她飛快掠過了好幾種方案，最終她用最快的語速說道：「瑪格麗特不喜歡三王子！」說完，就把眼睛貼到花牆的縫隙間繼續看。

馬丁一愣，莫名的心裡一鬆，又有點不可置信，「可——」

「放手！滾開！」

馬丁話還沒來得及說完，忽然，花牆裡傳來瑪格麗特憤怒的聲音。就算是馬丁也沒時間繼續在道德和情感中掙扎，趕緊繼續透過花牆往另一邊望去。

瑪格麗特向後一退，躲開了理查的動作。她的情緒很激動，馬丁從來沒有見過瑪格麗特像現在這樣憤怒。

在他的眼中，瑪格麗特一直是個安靜、冷淡，又有些害羞、不善於人際交往的女孩子，某種意義上，他們兩個有一些寧靜的共通性。因此，儘管很清楚自己和瑪格麗特並不是同一個世界的人，馬丁仍然不由自主的對她有一些和別人不同的微妙感情，他想他們或許是能互

相理解彼此的。

當然，這些話馬丁不曾和任何人說過，這些人裡甚至包括他最信任的妹妹菲莉亞。

畢竟恐怕沒有人會認同他，就連馬丁自己都對兩個人個性有相似點，他說不定能夠理解瑪格麗特的想法而感到羞於啟齒。

瑪格麗特幾乎是女神在這個世界上最完美的傑作……不，也或許有人認為她就是女神自己在人間的化身。瑪格麗特無與倫比的美貌和天才，都顯示著她十分受到神明的眷顧。

於是，在沒有向任何人揭示的沉默中，馬丁在他自己都沒有注意到的時候漸漸發酵、變質。他的目光開始和其他人一樣追隨瑪格麗特，他的心臟會因為她的行為和舉止而改變自己跳動的節奏。

瑪格麗特來找他的時候，馬丁的呼吸會奇怪的不暢起來。一開始他以為自己是感冒，但後來這樣的症狀越來越頻繁，連忽然想起瑪格麗特的時候也會發作……同時，瑪格麗特忽然造訪他腦袋的情況也跟著越來越多了。

終於，直到最近，已經到了即使是馬丁這麼遲鈍的人也不得不去注意的地步。

只不過，愛慕瑪格麗特的人如同國王花園裡的薔薇或夜空裡的星星那般繁多，以前光是覺得能夠理解她的那種想法，他都無法向他人吐露，更何況是這樣天方夜譚般的愛慕。

他們之間的距離太遠了。

不像三王子，理查的確離瑪格麗特很近。

「妳怎麼了，瑪格麗特？」這個時候，理查尚不理解自己為什麼會被拒絕。

難道瑪格麗特遠遠看著他已經習慣了，一時沒有調整好模式？

「我想你肯定是誤會了。」瑪格麗特鎮定了一點，但眉眼中的表情分明滿是厭煩，「我對你沒有任何興趣。」

不過，瑪格麗特平時的表情就比較少，有情緒也習慣性的不表露出來，菲莉亞這種熟悉她的朋友當然能分辨出她的感情變化，可是理查王子不行。

更何況，他一直以來都將瑪格麗特的所有表現腦補成愛在心頭口難開，故而難以接受現實的落差。此刻，在理查看來，瑪格麗特分明是深愛著他，卻因為各種各樣的理由而無法坦然訴說真心。

作為王子，理查自然接受過貴族教育，他閱讀過大量的詩詞歌賦，亦熱愛文學和經典戲劇。因此，他只是稍稍一想，就立刻將自己代入了苦情著作的主角之中，頓時心痛如絞。

「瑪格麗特，為什麼妳還是無法自由表達自己的感情呢？我已經告訴妳我愛妳了呀！」

理查不解的說道，他今晚勢必要知道瑪格麗特的難言之隱！

「難道說，妳的父親已經要將妳嫁給其他人，所以妳無法違抗他的命令嗎？那個人……難道是卡斯爾．約克森？！……還是說，妳的好朋友和妳同時愛上了我，所以妳無法背著她獨自獲得幸福？不！瑪格麗特，妳千萬不要這樣想！能掠走我的心的人只有妳，不是任何人啊！如果妳執意要遵守作為朋友的道義，我們三個人都會痛苦的！既然如此，為什麼不至少讓我們兩個人獲得幸福呢？要是她真的是妳的朋友，她也會祝福我們的！」

理查越說越覺得就是如此，他已經自己腦補出了大篇幅貴族虐戀的橋段，並深深被自己的戀情感動萬分。

瑪格麗特的思考本來就比較直，根本就追不上理查的思路，她又不擅長爭辯，竟然一時想不出反駁的話來。

見瑪格麗特皺著臉不說話，理查還以為自己說對了，她肯定是默認了。於是理查下定決心——兩個人照這樣下去是不會有好結局的，他只有用實際行動才能讓瑪格麗特感受到他的愛！才能讓瑪格麗特明白她自己的愛！

理查不再忍耐下去，他兩步上前，不顧瑪格麗特掙扎，一把扣住了瑪格麗特的肩膀。

按照往常，以瑪格麗特的敏銳，絕不會如此輕易被抓住。

但今天，因為出席這場迎接魔王的盛大宴會的關係，她穿上了有史以來最繁複的盛裝。

越是華美的衣物就越是沉重，這幾乎已成為了慣例，加上瑪格麗特還佩戴了不少珠寶首飾來增色，她又不像菲莉亞那樣有視一切重量為無物的體力，人幾乎被壓得喘不過氣。又由於禮服束手束腳的關係，瑪格麗特根本無法大幅度的活動。

理查是從帝國勇者學校畢業的，當年學院競賽打敗過瑪格麗特，僅輸給菲莉亞，雖然畢業後的兩年裡疏於鍛鍊，可底子不錯，身手依然不凡，瑪格麗特頓時難以掙脫開來。

理查不管不顧的將瑪格麗特抓入懷中，用那雙深情而痛苦的眸子凝視了她大約有三秒多鐘。為了宴會，理查也特意打扮過，他的頭髮梳得整整齊齊一絲不苟，又穿著體面的禮服，看上去十分英俊，再加上他是個貨真價實的王子，宴會中不乏有女孩子對他大獻慇勤。

總之，理查是很自信的，從瑪格麗特蔚藍的眼中，他看到倒映出的自己霸道酷炫帥氣的模樣，琢磨著瑪格麗特應該已經被他帥得心神蕩漾，便俯身吻了下去！

菲莉亞嚇得心臟都要停了，連忙就要跑出去，匆忙道：「哥哥，我去幫——」

然而，菲莉亞話還來不及說完，竟發現馬丁已經先她一步跑出去了。

平時溫柔的如同春風一般的青年，一下子將瑪格麗特從王子的懷抱中拉了出來，護到自己身後。

「你沒聽到她想要拒絕你嗎？」馬丁道。

第九章 她心滿意足吃飽了

馬丁的出現，讓原本糾纏著的兩人皆是一愣，尤其是瑪格麗特，望著馬丁擋在她面前的背影，居然一時有些恍惚。

理查王子萬萬沒有想到花園深處會突然冒出個男人來，還一把將瑪格麗特抓走了。剛才對方抓住他手腕的那股強硬的力道，一瞬間不知道為什麼讓他有種不妙的熟悉感，好像以前經歷過似的。

理查下意識打量他，見馬丁的樣貌俊秀，但沒有他帥，這才稍稍鬆了口氣。接著，理查又注意到馬丁禮服的樣式相當落後，用這樣的禮服出現在這樣的場合，三王子立刻將馬丁定義為落魄貴族。

「我想你大概是誤會了什麼。」理查王子按按眉心，誤以為馬丁是偶然路過認為他在逼迫瑪格麗特的路人，他好脾氣的說道：「我並沒有為難瑪格……咳，就是這位小姐。或許你知道我，我是理查．懷特，國王的第三個兒子。」

說完，理查已經準備接受馬丁的道歉以及崇拜的目光了。

誰知，馬丁搖了搖頭，說道：「我知道，我認識瑪格麗特。她在拒絕你，請你不要繼續為難她。」

沒想到對方不按常理出牌，還是原本就認識瑪格麗特的人，在王城一向要風得風、要雨得雨的王子殿下不禁皺起眉頭，下意識問：「……你是？」

理查仔細一看，馬丁分明相當面生，按理來說王城的貴族他應該都見過才對，更何況還和瑪格麗特有糾葛。

「那個……他是我哥哥。」

這時，菲莉亞終於開口了。她早就從花牆後走了出來，只不過因為個子小，加上理查和瑪格麗特的注意力都被馬丁吸引的關係，他們才沒有注意到她。

但現在，他們注意到了。

理查立刻大驚失色：「——菲、菲莉亞？！」他無論如何都不會忘記這張臉還有這個名字的，哪怕她換了裝束，看上去和平時氣質截然不同。

不過，跟大多數人之所以記住她的原因不一樣，理查之所以無法忘記菲莉亞，並不是因為她是魔王歐文的未婚妻，而是因為這個看似嬌小友好的姑娘是至今為止唯一一個給他帶來死亡陰影的人！

那可怕的日子，離他的頭皮只有幾公分遠的巨刃，毫無反抗之力的懸殊差距……

理查對他丟掉的那個只有一步之遙的學院競賽冠軍的位置並沒有執念，因為菲莉亞實在太可怕了。

於是，這一下，理查也知道馬丁拉住他時似曾相識的力道是怎麼回事了。

——尼瑪原來這對兄妹都是這麼喪心病狂的嗎？！

這下菲莉亞的力量毫無疑問不是基因突變而是家族遺傳的了，把這種遺傳基因送到艾斯去真的沒問題嗎……

理查的腦海中一瞬間劃過「和魔王和親搞不好是個巨大的錯誤」這樣的念頭，但很快，他的注意力重新回到眼前的局勢上——

菲莉亞那位兄長依然盯著他，他的眼神警戒又似乎飽含著某些複雜的感情；菲莉亞拉著瑪格麗特的胳膊，兩人看上去很親密；瑪格麗特正從背後望著馬丁，那個眼神……

——不不不，怎麼可能呢！

三王子飛快否決了自己的想法。瑪格麗特怎麼可能戀慕這種聽都沒有聽說過的人呢？即使他是菲莉亞的哥哥……話說回來，菲莉亞的家境本來也沒多好。

但瑪格麗特今天情緒不好，再加上有兩個戰鬥力爆表的護花使者在場，顯然不是談話的時候了。理查戀戀不捨的再次望了瑪格麗特一眼，決定讓他們彼此都冷靜一下，改天再談這個問題，於是說道：「……呃，菲莉亞，既然妳來找瑪格麗特，那今天就妳們先談吧。我在宴會上還有父王交代的事要做，就先離開了。」

說完，理查收起一身的狼狽，彬彬有禮的朝幾人展示了王子的風範後離開。

於是，只剩下瑪格麗特、馬丁和菲莉亞三人站在原地了。

瑪格麗特沉默了一會兒，藍色的眼睛看向馬丁，道：「……謝謝。」

聽到瑪格麗特的道謝，馬丁反而有些不好意思。他並沒有做什麼，隨便一想也能猜到理查是礙於菲莉亞的面子才離開的。

「不……我才是，希望沒有給妳造成困擾。」馬丁頗為不安的回答。

菲莉亞看著瑪格麗特和哥哥兩個人，見他們都沒事的樣子，鬆了口氣。想了想後，她說道：「那個，哥哥、瑪格麗特，我出來太久了，差不多得回去找歐文了。」

馬丁一愣，說起來，菲莉亞之前的確說過她只是暫時出來喘口氣，等一會兒還要回去陪歐文，想不到這麼快就到時間了。

菲莉亞緊接著說：「哥哥，要是你不想回去的話，不如留在這裡陪瑪格麗特吧……她可能還沒有緩過來，需要找個安靜的地方休息一會兒。」

雖然沒有出什麼事，但對於女孩子來說，剛才的事應該都會造成一定的驚嚇。

再說瑪格麗特她……

菲莉亞話音剛落，瑪格麗特就對她投了感激的一眼，然後期待的看著馬丁。

馬丁本就為自己的心情惴惴不安，迎上瑪格麗特毫不迴避的視線，頓時心下有些侷促。

菲莉亞則飛快掃了一眼周圍，不得不說三王子的確是個會挑地點的人，這裡遠離宴會的喧囂，人跡罕至，而且種滿了盛開的白薔薇，環境幽靜美好，隱隱還能嗅到浮動的暗香。

——從氣氛上就別有居心啊！

——嗯，不過現在就幫到哥哥和瑪格麗特了。

看到馬丁和瑪格麗特此時氛圍良好，菲莉亞不再猶豫，匆忙道了別，不等他們反應，人一閃就迅速離開了白薔薇牆後。

▶◇◀◎▶◇◀

一個人漫漫走回去，距離好似比兩個人走過來時遠了很多，四周灌木傳來隱隱的蟲聲。

菲莉亞吸了一口微涼的空氣，舒服的吐出來。

「菲莉亞？」

忽然，從旁邊的樹叢中傳來歐文的聲音，菲莉亞下意識轉頭，卻一下子被拉住手腕，身體傾斜，往一旁跌下去，落入一個熟悉的懷抱之中。

菲莉亞摔在歐文的身上，因為有魔族的肉身墊著的關係，她倒是不怎麼痛。不過，看到歐文此時居然悠哉的躺在這個地方，菲莉亞多少感到意外。

「你怎麼會在這裡？」菲莉亞問。

歐文溫柔的摟著菲莉亞，臉頰微紅，稍稍調整了一下姿勢，好將菲莉亞抱得更穩，才回答道：「應付他們有點累，國王也去跳舞了，我在裡面沒有找到妳，就出來了。」

原來是特意來找她的。

菲莉亞感到有點開心，把頭埋在歐文懷裡蹭了蹭，索性抱住他，兩個人一起躺著。

唔，果然……沒道理瑪格麗特和哥哥在一起花前月下的時候，她這個早就訂婚的人反而孤零零的在花園裡感受著彷彿單身的淒涼嘛，歐文來得真是太及時了。

這麼一想，菲莉亞越發用力的抱住歐文，又蹭了蹭他。

懷裡的菲莉亞靠得很近，她的身體軟軟的、暖暖的，還有一種說不出的香味，歐文沉醉之餘，不禁又有點不自在。他重新移動了一下躺的位置，這才托著菲莉亞調整了和她摟在一起的姿勢，想要試圖變得安心一點。

然而，改變位置之後，菲莉亞的臉離他更近了，她亮閃閃的眼睛期待的看著他，這使她在兩個人獨處的時候顯得分外美麗。

——好像某種意義上更糟了。

歐文心頭一緊，發現菲莉亞身上的香甜味更明顯了，光是望著她就讓他渾身發熱。

——救命好想親她！

——可惡，怎麼感覺剛才換位置就是在作死！

——誒，等等，為什麼不能親？

歐文花了五秒鐘認真琢磨了一下，他總是下意識的克制自己的行為，但實際上他們是未婚夫妻，親親抱抱早就熟到不能再熟了。

雖然的確是菲莉亞主動湊過來求抱抱的次數多一點，然後他總是被撩得渾身是火，再轉過去掌握主動權……

這麼一想，歐文反而對自己的自制力有點羞愧。

想通關節，他定了定神，示意自己要冷靜，然後一個反身將菲莉亞壓在身下。

國王城堡花園的地上種滿了草，春天新冒出來的綠草苗鋪成綠色的草墊，非常柔軟。被翻身在地時，菲莉亞並沒有覺得疼，只是沒有料到歐文會這麼做，因此本來抱著他的雙手不小心滑脫了。

仰躺在草地上，菲莉亞明顯沒反應過來，眨了眨圓圓的眼睛，呆懵的仰頭看著歐文。

在歐文看來菲莉亞簡直是沒有死角的可愛，這一秒尤其是可愛到讓他鼻腔發熱的地步。他遲疑了一秒，十指扣住菲莉亞放在地上的手，俯身下去，吻住她。

「唔……」脣舌糾纏，被溫柔的勾住舌尖，口腔深處敏感的地方被輕輕的舔舐，菲莉亞不自覺的小聲嗚咽。

但她很快想起來他們是在國王的花園裡，不是在歐文的城堡或自己的家，菲莉亞連忙努力克制住不發出聲音——儘管大家都沉浸在宴會氣氛中，不一定會有人經過這裡，且他們兩個人的身影還有白薔薇叢的遮擋，可宴會缺少最重要的兩名賓客，很難說國王會不會派人來找他們，萬一被撞上就有點尷尬了。

菲莉亞既害怕又擔憂，心情緊張到極點，卻又忍不住感到刺激。

歐文的親吻讓她整個人都難以控制的熱了起來，並難耐的貼了過去，小心又夾雜著一絲大膽的做出回應。

因為是冰系魔法師的關係，歐文的體溫總是比尋常人要低一些，正因為如此，菲莉亞能夠更清晰的感受到他的情慾被勾起時的徵兆，對方那種明顯騰升的溫度讓菲莉亞感到興奮，讓她有一種自己切實影響到了歐文的強烈的真實感和存在感，這種感覺讓她滿足，便越發難耐的貼了過去。

然而，菲莉亞實際上始終有著一些不安。不知道為什麼，每次她感覺到歐文的身體確實已經情動了，但卻始終睡不成他，歐文總是在中途就會找各種各樣的理由臨時跑掉……

這種時候，菲莉亞就忍不住覺得魔法真是一種討厭的東西，歐文想要離開的話，她根本抓不住他。

難道是她的魅力還不夠嗎？沒有辦法把歐文勾引到忍不下去的地步嗎？

再這樣下去，她就要拋棄羞恥心去問伊蒂絲教授或者尤萊亞的未婚妻，要怎麼才能睡到冰系魔法師或魔族了……QAQ

感覺到歐文本應冰涼的肌膚體溫正在不斷攀升，菲莉亞再度產生了「搞不好這一次可以成功」的錯覺，因此她努力的回應對方，偷偷趁著歐文偶爾休息的間歇，緊張不安又不太熟練的吻上他的喉結和鎖骨，想要進一步勾起對方的情慾。

親親抱抱的確練得很熟了，但更進一步能鍛鍊其他技術的機會就相對比較少，難得有機會能繼續，菲莉亞的動作實在頗有些生澀，只是憑著本能去探索而已。

歐文自然不可能感覺不到自己身體的變化，某種程度上，他的狀況已經到了腦內高聲響起警報的地步了。

老實說，因為兩個人彼此間存在著互相吸引的性張力，他與菲莉亞在一起的時候很容易擦槍走火，每一次箭在弦上又硬是要忍住，實在是很困難辛苦，歐文總是懷疑自己自控的那根弦會不會哪天就終於崩斷了……

他想要靠近菲莉亞，想要把她變成自己身體的一部分。

然而菲莉亞並不知道他的腦海中到底徘徊著多麼可怕的念頭，就像現在，她還在無知無覺的靠近他，單純到根本不知道她目前的處境多麼危險。

在這個瞬間，歐文的腦海裡轉了好多念頭，最終，比較正義的那一方還是占了上風。歐文暫時閉上眼睛，深呼吸好幾口，才讓自己燒成一團的腦袋勉強冷靜一點，然後扶著菲莉亞的肩膀輕輕的將她拉遠。

他按捺住埋藏在心底的可怕慾望，盡量使自己的聲音聽起來冷靜又溫柔：「那個，菲莉亞……我忽然想起來有點事，我要稍微回魔王城堡一趟……」去往自己頭上淋個冰什麼的，冷靜一下什麼的……

聽到這個開頭，菲莉亞就覺得自己從頭被澆了一盆冷水。

這種劇情發展太熟悉了，已經出現過好幾次了！

每次一到關鍵時刻，歐文就會突然玩瞬移跑掉，過個半小時或一小時才回來，然而再出現時，他的體溫和臉色就都回到了正常的狀態，言行舉止就猶如有禮的紳士！神清氣爽、氣定神閒到了讓完全沒有獲得足夠親密行為滿足感的菲莉亞想要打他的程度，有種好不容易撩起來的未婚夫一瞬間回到神父狀態的感覺。

——男朋友太禁慾真的好難過……QAQ

——而且他還是魔王，根本抓不到他，感覺更難過了……

——想睡男朋友想得快要哭了，嚶嚶嚶……

果然，只聽歐文壓抑著喉嚨深處的情慾，繼續說道：「……菲莉亞，妳稍微等一下，我過一會兒就回來……」

——但等你回來就恢復原狀了啊！

「別、別走！」菲莉亞急了，飛快的一把抓住想要起身的歐文的手。

歐文一愣，喉嚨克制不住有些沙啞的說道：「菲莉亞……」

「……你為、為什麼要走呢？」問出這麼直白的問題，菲莉亞感覺自己的臉正在以極快的速度燙起來，「你、你對我沒有興趣嗎？」

給歐文一百次機會，他也想不到菲莉亞會這麼問，於是當場愣住。

怎麼可能沒有興趣！

他有興趣到都快要發瘋了啊！

——可是這種事情怎麼能說出來嚇妳！

歐文不知道怎麼回答才好，愣在原地。

而菲莉亞則將這種沉默當作了無聲的拒絕，頓時覺得好傷心，她心一橫，索性將歐文的手強硬的按在了自己的胸上。

「可、可是我，想和你在一起啊……」

菲莉亞這會兒是真的很難過。

儘管她從小看起來就一副柔弱無膽、隨便掐一把就會哭泣的模樣，但實際上真的哭出來的時候反倒很少，長大以後又為了成為可靠的勇者，特意克服了原本的弱項，會難過到露出哭相的樣子就更少了。

但這個時候，菲莉亞委屈的睜著眼睛，眼裡有若隱若現的水光，她好像努力憋著眼淚，還抽了抽鼻子。

歐文本來就是那種對哭泣的女孩子很沒有辦法的魔族，更何況看起來很難受的人還是菲莉亞。他頓時手足無措了起來，然而他的手被按在菲莉亞渾身上下最柔軟的地方，他被燙得當場就要抽回去。

不過菲莉亞這一次很用力，大概是怕他一逮到機會就跑掉，所以無論如何都不放手。單純比力氣的話，歐文肯定是爭不過菲莉亞的。

但那隻手的位置讓歐文實在很苦惱，放鬆很不對勁，握緊好像就更不對勁了……

他本來就處在一種很不妙的境地，現在菲莉亞成功的讓他整個人都更不妙了。

「菲莉亞……」歐文的聲音沙啞，他差不多用盡全力才讓自己使用語言表達想法，而不是用屈服於慾望的方式來直接行動，「妳、妳不會害怕嗎？」

「不會……」菲莉亞略有幾分彆扭的低下頭。她的羞恥心大概已經拋棄的差不多了，但畢竟還是會有一點羞澀。

歐文同樣臉頰赤紅，「可、可是，我們還沒結婚……」

菲莉亞：「你好煩啊。」QAQ

歐文：——？！我、我很煩嗎？！

菲莉亞乾脆用實際行動表明她已經非常不耐煩了，一隻手還是按著歐文的手，另一隻手抓著歐文的領子將他扯下來，兩人就此嘴對嘴親著。

歐文掙扎著，「唔唔唔」了一會兒，最終只能屈服了。

等兩人再次分開的時候，都有些喘不上氣，大口的呼吸著兩人之間曖昧的空氣。

菲莉亞猶豫一下，反正都說開了，不如乾脆再接再厲，於是等呼吸平暢，她又仰首去吻歐文的脖子。

歐文的喉結不自覺的動了動，他定了定神，終於聲音低啞的說道：「至少別在這裡……等等，妳先等等……菲莉亞……唔，菲莉亞……」

發現菲莉亞陷入了「我不聽且我不放你走」的狀態，歐文簡直難以形容自己的心情，感覺相當無奈。

然而，他現在的狀況其實已經連話都說不出來了。

歐文索性單手抱住菲莉亞，自顧自的開始催動魔力。

菲莉亞感到一陣天旋地轉——不過也沒差，她本來就暈乎乎的——接著她的後背陷入比青草地更綿軟的床榻之中，早春夜晚的涼風也消失了，取而代之的是溫暖舒適的房間和腦袋下鬆軟的恰到好處的枕頭。

不知道什麼時候，菲莉亞不小心鬆開了歐文的手。

最後菲莉亞還是忍不住睜開了眼睛，發現被她放開的歐文竟然沒有走，只是雙手撐在床上，俯身看著她。

「我們……在哪裡？」

「艾斯，我的城堡，還有……我房間，床上。」

想不到得到一個如此具體的位址，菲莉亞眨了眨眼睛。

被籠罩在歐文身體的陰影之中，到底還是有些不好意思，菲莉亞不自在的別開視線。這一次，歐文卻捧住了她的臉，即使菲莉亞不好意思，仍還是對上了他的目光。然後，她清楚的看見歐文那雙紅寶石般的瞳眸中清晰跳動著的火焰。

「唔……嗯……」

菲莉亞的體溫從沒這麼高過，炙熱的體溫使心跳幾乎跳到了要爆炸的程度，親吻早已染上濃烈的情慾味。

舌尖勾起彼此的舌尖，又滑過口腔裡每一寸的敏感，唾液相融，莫名有甜蜜的味道。細細碎碎的呻吟不自覺的從親吻的縫隙裡洩出，在只有兩個人的房間裡，這點曖昧的動靜顯得分外鮮明。

漸漸的，手亦不滿足於放在安全的位置上。

歐文的手順著菲莉亞圓潤小巧的肩膀往下，從胸側滑到腰間，和男性不同的、微微凹下去的腰窩在他碰到的時候輕輕一顫。

菲莉亞的眼睛因為長久的親吻而變得濕潤，雙頰飛起霞色；不過，並不只是臉頰，她露出的皮膚都染上了淡淡的粉紅色，帶著某種旖旎的意味。

菲莉亞的這套禮服相當貼合、緊身，而且本身很沉重，因此相當難脫，兩個人四雙手越發手忙腳亂，最後幾乎是硬扯著。等好不容易把衣服褪下來，皺巴巴的丟在一邊，兩人都已滿頭大汗。

沒有了衣服的屏障，連貼身衣物都即將失去，菲莉亞非常沒有安全感。大片泛紅的肌膚裸露在外，觸及到空氣，她忍不住微微一縮，下意識的想要將被子扯過來遮掩，但剛要動作的手卻被歐文捉住，手腕被按在床單上。

床本來就十分柔軟，再加上歐文的重量，菲莉亞整個人都陷在床榻之中。棕色的長髮鋪散在淺色的床單上，她的目光閃爍游移，似乎不敢往歐文的方向看，被捉住的手半張半攏的握成拳。

她的身體微微發顫，像是十分緊張……

不過說到緊張，歐文自己又何嘗不是？

他聽到自己瘋狂的心跳，感覺到自己每一寸皮膚下都是為了菲莉亞而沸騰的血液，她的每一縷呼吸、每一個舉動、每一次顫抖，彷彿都是可怕的催化劑，試圖將他的理智完全從頭腦中抹去。

他整個人早已繃成一根蓄勢待發的弦，只要稍稍一鬆就會不管不顧的向前發出。

眼前的景象早已在夢中徘徊多年，如今終於成真，卻始終帶著不真實的夢幻感……歐文強行忍耐住猛烈的衝動，逼迫自己放緩動作。

他記得自己在夢中並沒有這麼溫柔，而是幾近服從於原始的慾望，有時候近乎粗暴。可現在不同，菲莉亞的溫度是如此的溫暖，她害怕又忐忑的抿起嘴脣的表情如此真實，他並不想傷害她，甚至直到這個地步，都還留給她反悔的餘地。

菲莉亞並沒有叫停。

歐文輕輕的吐出一口長氣，這似乎真的能讓人稍微平靜一點。他俯下身去，吻上菲莉亞的脖子，香甜的氣味瞬間盈滿鼻腔。

淺吻、深吻、吮吸、舔舐，順著鎖骨的形狀漸漸向下。

等他吻到胸口的時候，菲莉亞終於忍不住抱住他的頭，手指探入黑色的髮間。她情不自禁的弓起身體，下意識夾緊雙腿。

明明是她堅持挑起的火，可事到如今，菲莉亞發現自己竟然有些害怕了。

身體的感覺太過陌生，他們彷彿正在開啟一扇此前從未打開過的神秘的大門，門後隱隱透出純潔的微光，卻又傳來沉淪的聲音。

不屬於自己的手沿著脊柱凹陷的弧度在光裸的背上往下延伸。

忽然，菲莉亞感到歐文握住了她的小腿。

歐文比任何時候都要低沉沙啞的嗓音貼著耳畔響起，這聽起來幾乎不像他了。他帶著試探的口吻、小心翼翼的喊她的名字：「菲莉亞……」

這樣的聲音幾乎讓她心臟都酥了。

菲莉亞死死的閉著眼睛，卻胡亂點了點頭。

「……放鬆一點，看著我。」

感覺到菲莉亞仍然緊繃著的肌肉，歐文低低的說著，然而其實他自己也好不到哪裡去。

菲莉亞勉強睜開眼睛，怯生生的看著他。

歐文頓時有點後悔自己說的話了，他不得不深呼吸幾口氣，才終於維持住殘存的理智。定了定神，他吻了吻菲莉亞的腿彎，便用手臂托住它，將菲莉亞的雙腿纏在他的腰上。

本能一般的，菲莉亞的腿剛觸到歐文的腰便自發自主的掛了上去，只是當隱秘的地方沒有防備的貼上一個滾燙的東西時，菲莉亞仍然驚得往後一縮。

然而歐文沒有放她走，他俯身將她緊緊的壓在床上，唇齒相接。兩人滾燙的身體從上到下沒有一寸縫隙的貼在一起。

菲莉亞整個人抖得厲害，她從來沒有一刻像這樣深刻的意識到歐文是一個貨真價實的男性。儘管已經經過了漫長的前戲，儘管已經有了充分的信任和親密，但面對最後一步，菲莉亞依然不自覺的感到害怕。

她手足無措，只好緊緊的抱住歐文的背，用力的回應他的吻，攀附在他身上，堅定自己的決心。

「……嗚！」

疼痛襲來，菲莉亞忍不住發出哭腔。

歐文覺得自己差不多要瘋了。

他死死握著拳頭等了不知道多久，可能有一個世紀那麼長，菲莉亞啜泣的哭聲才慢慢的停下來。

他再次深深的舒了口氣，按捺下一衝到底的念頭。

牆上兩道重疊的人影波浪般的起伏著。

「……嗚……啊啊啊……啊……歐、歐文……嗚……」

菲莉亞的大腦一片空白。

她在哪裡？她是誰？為什麼在這裡？

終於，在迷茫了良久之後，一股奇怪的戰慄從身體深處騰起，菲莉亞屈從本能，蜷起身體，將頭緊緊的埋進歐文胸口。

▶◇◀◎▶◇◀

一夜過去。

第二天早晨，歐文是醒得比較早的那個人。

即使是在三個月的極夜期過去後，艾斯白天的太陽也是朦朦朧朧的，遠沒有月亮來得有精神。不過艾斯的白天本來就比較短，看到窗外曚曚亮的光芒透進來時，歐文便意識到他恐怕已經睡遲了。

他一貫是個生活自律的魔族，儘管魔王和魔后都很寵他，但也從來沒有睡到這麼晚過。昨晚還是人魔兩國友好宴會，作為最重要的客人，他竟然中途就攜未婚妻跑了，還不知道會不會有人發現，鬧出什麼問題來。

想到可能要面臨的麻煩事，還有自己不理智的舉動，歐文不禁輕輕的嘆了口氣。

然而，他稍微動一動，懷裡的菲莉亞便皺了皺眉頭，抱著他，不滿的往他懷裡蹭了蹭。

歐文的心頓時柔軟成一片，一瞬間甚至有了「菲莉亞開心就好其他事情管他的」這種類似昏君的想法。

輕輕將菲莉亞沾貼在臉上的頭髮撥開，歐文吻了吻她的額頭，隨後覺得不夠，又吻了吻嘴唇，還是有點不夠，又吻了吻脖子和鎖骨。

菲莉亞迷迷糊糊的睡著，明明還沒醒卻覺得難受，「唔唔」的說了兩句含糊的夢話，不舒服的把歐文推開，自己捲著棉被滾到一邊去了。

歐文感到她可愛的同時又覺得有幾分好笑，索性從後面摟住她，吻了吻她脖頸，又撐起身體再次親她的臉頰和嘴唇。

突破了新界限，開啟新的情侶相處模式大門之後，歐文總覺得菲莉亞渾身上下都可愛得不行，哪裡都想親吻看看。

她害羞的表情、緊張的表情、難耐的表情、不耐煩的表情……

於是菲莉亞被弄醒了。

「……嗯……已經早上了？」菲莉亞好不容易才從被歐文抱著的姿勢裡把手臂抽出來揉眼睛，望著窗戶外朦朧的光，不太清醒的問道。

「……應該是，也可能快要中午了。」歐文稍微掐算了一下時間，含糊的說道。

想了想，他問：「妳餓嗎？」伸手摸了一下，菲莉亞的肚子扁扁的。

昨晚宴會開始後跳完舞，菲莉亞就和馬丁跑出去了，都沒有吃什麼東西。昨晚一直在活動，今天早晨又錯過常規的早餐時間……

本來還沒有意識到，聽歐文一說，菲莉亞便感覺到肚子是空的，還有點難受，連忙點點頭，果斷回答：「……餓。」

因為不好意思叫女僕的關係，兩個起床後都頗為手忙腳亂。

歐文還好，這裡就是他的房間，換洗衣服都是現成的。

菲莉亞並不想穿昨天晚上脫下來的衣服，而且她穿的還是件禮服，直接穿出去的話不管怎麼看都很奇怪，所以只好由歐文瞬移去她在艾斯住的房間，拿了件乾淨的衣服過來，然後順便去浴室洗了澡。

等菲莉亞全部整理好，又是半個小時後了，歐文已經找廚房安排一頓兩個人的早午飯，馬上就可以到餐廳裡吃。

此時菲莉亞完全清醒過來，肚子餓的感覺變得分外鮮明，除此之外，身體好像也隱隱有幾分不對勁的樣子，具體哪裡不對勁卻不是很說得上來。這會兒她又想起來什麼是羞澀了，對看到歐文，不禁臉一紅。

恰巧歐文扭過頭，兩人意外的對上視線，菲莉亞嚇了一跳，趕緊縮回視線埋頭繼續吃。

城堡裡的僕人們發現本應該在海波里恩忙得厲害的魔王和他的人類未婚妻竟然莫名其妙的回到了艾斯，兩個人氣氛還很不對勁的樣子，於是頻頻投去疑惑好奇的視線。

其實他們根本就不清楚菲莉亞和歐文到底是昨晚回來的還是今天早上回來的，但菲莉亞總有一種「全世界都知道他們昨晚做了什麼」的錯覺，因此心虛的坐立不安。

填飽肚子的時間總是十分短暫的。

吃完飯，就不得不考慮一些之前暫時沒有考慮的事情了。

海波里恩兩個重要賓客自顧自的在宴會開始後沒多久就跑了，這樣的事遲早要回去解決的。而且，雖說人類國王看起來脾氣還挺好的，但出了這種事，他那邊恐怕也會有些尷尬，不知道對方會不會生氣？

另外，菲莉亞把哥哥和瑪格麗特兩人扔在一起後，就沒有再碰到別的人，逕自和歐文跑走了，呃……說不定爸爸、媽媽和哥哥都沒有想到她和歐文在一起，或許花了一晚上找她、也很擔心她。

這麼一想，菲莉亞便不由得愧疚起來。

昨天晚上她的行為確實不好，考慮得太少，也太衝動了，好像還嚇到了歐文……等回去以後，必須要好好向家人道歉，並且認真的反省。

實際上，菲莉亞和上一次一樣想要逃避的鴕鳥心態又在萌發，那些麻煩事光是想想，她就不太想回海波里恩了。然而問題總是要解決的，菲莉亞深呼吸幾口，便下定決心。

▶◇◀◎▶◇◀

菲莉亞和歐文沒有像上次那樣先移到街上再走回去做緩衝，而是直接回到了羅格朗先生在王城的房子中。

房子裡靜悄悄的，一點聲音都沒有。

平常的時候，家裡都不會這麼安靜，菲莉亞皺了皺眉頭，剛拉著歐文要往樓上走，就正好撞見打掃好屋子走下來的女僕露西。

看到菲莉亞，露西反而顯得比較驚訝，「菲莉亞小姐，您回來了？呃，還有……那個，魔王先生。」

除了菲莉亞和安娜貝爾，家裡的人對歐文都多少略有幾分不自在，歐文也習慣了。

菲莉亞點頭，擔憂的問：「那個……爸爸、媽媽還有哥哥呢？」

「先生和太太還在睡覺呢。昨晚他們參加宴會，快到清晨才回來。」露西解釋道，「馬丁少爺應該是回自己家了吧。」

得知父母發現她和歐文一起不見後並沒有說什麼，菲莉亞稍微鬆了口氣。鑑於他們還在睡，菲莉亞和歐文不便打擾，於是兩人決定先進王宮向昨晚被放了大半個晚上鴿子的國王陛下道歉。

這一次，門口的守衛並沒有攔住他們。

歐文和菲莉亞在接待室等了十幾分鐘後，國王陛下才匆匆跑了過來。

愛德華三世看起來是剛剛被僕人從床上挖起來，頭髮沒有完全梳理整齊，面色疲憊而憔悴，眼下尚有青黑，女僕一路追著為他臉上補粉，踏進會議室大門的時候，他才剛剛將外套披到肩上。

國王看起來非常慌張，匆忙的坐在菲莉亞和歐文對面，就開始道歉：「昨晚真是抱歉，那個……」

海波里恩統一後，國王就沒有再和自己同一級別的王說過話，不知道如何稱呼才能顯得夠禮貌又不會太卑微。要找到恰當的稱呼實在太難了，停頓好幾秒，愛德華三世決定把這個部分跳過。

「昨晚後來我不小心喝醉了，什麼都不記得，也忘了你最後是什麼時候回來的。如果我做了什麼失禮的事情，希望你不要往心裡去，不要因為我個人的行為影響到我們兩國之間的友誼……那個，如果你十分介意的話，我可以再舉辦一次宴會以示歉意……」

愛德華三世還以為魔王和菲莉亞中午是來興師問罪的，因此十分忐忑。

昨晚歐文說要出去吹吹風，國王原本緊張的心就放下了，於是一不小心就和熟識的貴族開始喝酒，不知不覺就醉了……等回過神，竟然已經到了十幾分鐘前，女僕一臉慌張的說魔王和他的未婚妻來訪，當時愛德華三世心裡就咯登一下。

——但願這個魔王真的和傳聞中一樣寬容友好吧……但是他之前一臉面癱的樣子，實在不像很好相處的樣子啊……

國王的心臟突突直跳，忐忑極了。

沒想到國王立刻就開始道歉，準備過來表示歉意的菲莉亞和歐文皆是一愣。

幸好歐文馬上反應過來，並飛快露出他在學校裡時常用來偽裝的那種極為親切和藹、溫柔友善的笑容，說：「怎麼會，你沒事我就放心了。昨天看到你們玩得很開心的樣子，我覺得不便打擾，便先行離開了。不瞞你說，我回去查閱了人類的資料才發現這樣做不太好，今天也是特意來道歉的。」

儘管聽歐文說過好多次了，但菲莉亞還是第一次看到歐文如此若無其事的扯謊，不禁眨了眨眼睛。

——原來歐文的這個笑容真的是撒謊的時候用的啊……

菲莉亞明白歐文作為魔王有這樣的技能和習慣是很正常的事，當初作為一個生活在勇者中的魔族，他為了自我保護肯定很不容易。不過，切實的發現以前的歐文並不完全是真正的他，菲莉亞的確難免有種微妙的感覺。

但是……

歐文偶爾說肉麻情話時羞澀的表情、親熱時難耐或情動的反應，還有很多時候包括昨天晚上對她的溫柔及關切緊張……

光是想起某些兩個人在一起時的畫面，菲莉亞就不禁感到臉紅。

毫無疑問，這些部分是真實的。

她喜歡歐文為她手足無措的樣子，喜歡他有時候口是心非的樣子，也喜歡他被自己親吻的時候，明明已經明顯動搖，卻還要拚命維持鎮定的樣子……

想到這些，菲莉亞又慢慢的安心下來。

另一邊，愛德華三世卻對歐文的笑容感到受寵若驚！

——果然是個寬容又友善的魔王啊！竟然對我昨晚喝醉這麼不禮貌的行為都不追究，還主動道歉！

至於他先行離場什麼的，不瞭解人類的習俗嘛，可以理解、可以理解，畢竟他們人類這邊也不太清楚魔族的習俗嘛。

愛德華三世對歐文的好感度瞬間上升到一個新的高度。

——嗯，仔細想想這個魔王還年輕，之前看起來那麼不苟言笑的樣子，大概也是因為頭一次出訪人類王國很緊張吧？

——啊，想不到我們雙方的心情是一樣的，說不定私下也能成為朋友呢！這個叫歐文的孩子真是個羞澀靦腆的好青年啊……

——說起來，今天魔王看起來好像心情格外好的樣子？

——難道是很喜歡我昨天舉辦的宴會的關係？

愛德華三世越想越肯定，沒有人不喜歡對自己舉辦的活動表示喜愛的賓客，他對歐文的好感度不禁又上升了幾分。

歐文並不知道自己高興的心情已經到了在刻意隱藏情緒的狀態下，都還能被人看出來的地步，他又和愛德華三世寒暄了幾句，並商量好接下來一起討論友好條約細節的時間，然後便牽著菲莉亞離開王宮。

歐文將菲莉亞的手握得很緊，胸口充盈著前所未有的幸福感，同時他對自己和菲莉亞之間關係的安全感也達到了巔峰，尤其是感到對方軟軟的手回握他的時候，歐文簡直一不注意就可以哼出歌來。

兩人回到羅格朗先生的房子時，羅格朗先生和安娜貝爾都已經醒來了。打過招呼之後，安娜貝爾的視線在菲莉亞身上長久的停留了一陣子，雖然最終沒有說什麼，但菲莉亞卻覺得背後毛毛的，總覺得媽媽已經洞穿了一切。

羅格朗先生倒是沒有太在意，也沒發現什麼不對勁的樣子。

▶◇◀◎▶◇◀

對歐文來說，之後在房子裡度過的時光是漫長煎熬的，他迫不及待想要回到和菲莉亞獨處的時候。於是，他開始後悔主動跟安娜貝爾提出和菲莉亞分開住了，就算什麼都不做，摟著菲莉亞睡也是件開心的事。

當然，在開關開啟以後，要實際做到什麼都不做恐怕是很難的。

歐文根本一刻都不想和菲莉亞分開，他想把她抱在懷裡，想把她按在床上，想要放縱的親吻她，想要讓她露出世界上最可愛的表情，然後獨占她的每一寸呼吸……

菲莉亞自然感覺得到歐文今天分外黏她，恨不得時時蹭在身邊的樣子。菲莉亞雖然不討厭，還有點小開心，但實際上她的心情和歐文是相反的——

——昨晚睡過歐文之後，好像已經心滿意足吃飽了呢。(*/ω＼*)

——啊，親熱不親熱都無所謂了……

好不容易到了晚上，歐文並沒有那麼厚的臉皮去找安娜貝爾說要再與菲莉亞同房，幸好他想到了新的方法。

住在菲莉亞父母家，肯定沒有待在艾斯的城堡裡舒服，平時親親抱抱都要小心的趁著家人不會出現的時候，他甚至會有一種在偷情的錯覺。所以，歐文索性等天一黑，就將菲莉亞抱回了城堡，直接按在床上親吻起來。

菲莉亞剛剛洗過澡，又換上了比較輕薄的睡衣，身上有沐浴後的香味，歐文吻到她的頸項間，被香味弄得心神恍惚，身體差不多立刻就熱了起來。

壓抑越久的慾望，在找到爆發的突破口就會越發可怕。

更何況歐文從來就不是不想親近菲莉亞，只是怕傷害她，因此強行壓抑著自己，於是得到首肯之後，就再也無法找回過去的自制力了。

菲莉亞被細密的親吻吻得「嗯嗯啊啊」回應了一會兒，可當發現歐文的手探進她的睡衣裡時，卻忽然想起了什麼。

「那個……歐文，我知道你之前說的你和我想的不一樣是什麼意思了。」菲莉亞稍微將他推開一點，望著他紅色的眼睛說道：「你今天和國王說話的時候……」

菲莉亞話還沒有說完，歐文剛聽了個開頭，渾身的肌肉便僵硬的繃了起來，從頭到腳一身冷汗。

菲莉亞說的正是他最害怕的事。儘管菲莉亞每次都在他擔心這一點的時候打斷他、親吻他，以此來表明自己的情況，歐文亦漸漸的放鬆下來了。但他其實仍然時不時會懷疑菲莉亞對他認知上的偏差，並為此隱隱不安，總覺得菲莉亞並沒有真正理解他說的話。

現在，菲莉亞終於意識到了。然而歐文發現他實際上並沒有自己想的那麼灑脫，如果菲莉亞在這裡決定拒絕他的話，他大概沒有辦法放她離開。

他甚至開始後悔自己為什麼要在那個時候說謊，早知道就瞞一輩子不讓菲莉亞發現。

菲莉亞本來也沒想說什麼，可她從歐文的眼中看到明顯的緊張和不安。想了想，菲莉亞索性抱住他的脖子，「……我喜歡你……」

聽到耳畔傳來輕輕的愛語，歐文渾身上下繃緊的肌肉一鬆。接著，嘴唇上又傳來溫潤的觸感，菲莉亞慢慢的親吻著他……

▶◇◀◎▶◇◀

國王的慶祝會又持續了幾天，歐文和菲莉亞時而參加一下，時而不參加，也沒有人特別在意。只不過，他們每次出現都會被圍觀，不出現的時候則被打上「魔族果然神出鬼沒」的標籤。

接下來，歐文又代表艾斯和海波里恩正式簽訂了友好合約，其中包括文化交流、技術交流、貿易往來、旅遊、通郵等多項內容，等將零零總總的東西準備完畢，歐文終於可以正式回艾斯的時候，已經是兩個月之後了。

啊，不過雖然他們這兩個月白天都在海波里恩，其實晚上都是回艾斯睡覺的……

大概是因為這個原因的關係，菲莉亞再次和家人分別的時候反而沒什麼傷感的情緒。再說，她回來也很方便，只要歐文有空就好了。

歐文正在研究菲莉亞家的花園裡有沒有適合畫魔法陣的地方，等找到以後就可以畫一個往來的魔法陣，方便菲莉亞和家人之間互相探望。

海波里恩這裡的事告一段落，接下來就要籌備菲莉亞和歐文兩個人的婚禮。

本來婚禮的時間並沒有那麼早，但因為兩個人的進展順利得超乎想像的關係，他們對未來抱有的期待也不由自主的提高了，於是婚禮的時間自然提前了些。

婚禮需要準備的東西很多，婚期定在半年後。不過，縱然有半年的緩衝，菲莉亞依舊有些擔心。

「歐文，真的不用提前通知你爸爸媽媽嗎？」菲莉亞坐在床上擔憂的問。

婚期定下來了，婚禮的地點應該只要布置一下城堡裡的禮堂和花園就好。

餐點部分對於魔王城堡來說，可以直接用現成的廚房。

只是菲莉亞的禮服需要請專門的設計師來製作，那位據說歐文的家人都十分信任的婚紗設計師最近正在外地取材，暫時回不來，且製作本身也需要很長的時間，所以稍微麻煩了一點。至於別的項目，包括婚禮的細節等等都能逐一安排，但……

歐文竟然還沒有準備通知他爸爸媽媽？！Σ(っ゜Д゜;)っ

菲莉亞的家人都已經知道他們結婚的計畫了。媽媽表現得比較鎮定；爸爸雖然顯然對女兒嫁到遙遠的外國這件事心情比較微妙，但看她滿臉幸福的樣子便沒有說什麼；哥哥馬丁則比較無奈的摸了摸菲莉亞的頭，說她開心就好。

婚禮是肯定會邀請新人雙方的家人，所以菲莉亞才對歐文的決定比較憂慮。

在她看來，魔王和魔后遊歷在外、行蹤不定，聯絡起來肯定比較困難，之前碰面也是偶然碰到，就算魔族的通訊魔法的確相當方便，可是如果不儘早讓他們知道的話……總覺得有點不安啊！

歐文倒是一點都不急，整理好衣服，回身低頭吻了吻菲莉亞，安撫道：「沒事，嗯……婚禮前一天告訴他們就行了，就算他們在大陸的最南方，也能在一瞬間趕回來的。」

——讓他們知道的話，他們豈不是馬上就會跑回來？這樣還怎麼愉快的和菲莉亞獨處，開玩笑嘛！＝＝

想到歐文從王國之心回到艾斯城堡的速度，菲莉亞倒是不懷疑他說的話。對歐文來說，這種人類的魔法師難以承受的魔力消耗簡直像是比吃飯更輕鬆的事，想來將魔力遺傳給他的前．魔王和魔后肯定不會做不到。

菲莉亞稍微安心了一點，但依然覺得有哪裡放心不下。

「主人，別擔心，魔王大人和魔后大人肯定會喜歡妳噠。」鐵餅誤以為菲莉亞是怕自己不被歐文的父母接受才這麼擔心，安慰的舉著細細的胳膊拍了拍菲莉亞的小腿，「他們都是很好的魔族，很溫柔，又平易近人，一點架子都沒有。」

這次回艾斯，菲莉亞把鐵餅一起帶來了。不過，因為她現在和歐文一起住，菲莉亞覺得鐵餅再像以前一樣和她一起睡的話有點不方便，於是就把自己原本住的房間讓給它。

幸好鐵餅十分聽話，晚上就自己窩在房間裡面看畫冊，到點就睡覺，早晨覺得菲莉亞和歐文差不多起床了，才會邁著小短腿跑過來要求被抱著。

菲莉亞明明沒有懷孕，卻莫名有種已經在養孩子的錯覺……

雖然這孩子長得圓了點。_(:3」∠)_

第十章 妳帶走了我的心臟和靈魂

國王城堡裡的宴會結束後，所有人都回到了生活的正軌上，而這些人裡，自然也包括馬丁．羅格朗。

儘管妹妹是魔后了，但他目前的身分是王城的機械師。在馬丁看來，自己並沒有什麼改變，於是熱鬧的時期結束，他便按部就班回到了工作崗位，繼續兢兢業業的生活在零件和工具之中。

這一天，是商行工作室一個普通的日子。

「喂，馬丁！」

「嗯？」

肩膀上突然冒出另一隻手的重量，將馬丁猛地嚇了一跳，他抖了抖，這才摘下掛在眼前的用來看細小零件的放大鏡，疑惑的扭過頭。

映入眼中的是矮人機械商行的機械師同伴，馬丁這才收起臉上不自覺露出的驚訝，微笑起來，問道：「怎麼了嗎？」

「這話應該我問你才對吧。你怎麼了，不舒服嗎？」同事關切的問道，顯然對馬丁這麼平淡的態度有所不滿。

馬丁露出困惑的表情，不明白對方為什麼這麼問。

於是機械師青年不得不嘆了口氣，一隻戴著手套的手懶洋洋的扠放在腰上，另一隻手拍在馬丁工作桌的桌角，解釋道：「你拿著那兩個零件一動不動的看了都快十幾分鐘了，我還以為你的放大鏡或者眼睛出什麼問題了呢。我說，如果覺得太累或者不舒服的話，請假幾天去醫院也沒關係吧？這裡有我們就足夠了。我知道你很努力，但也稍微有個限度吧？把自己的身體弄垮就不好了。」

面對這麼一大堆語重心長的話，馬丁愣了愣，一時不知該怎麼回答才好。

他剛才……只是一時分心在發呆而已。

這時，旁邊一張工作桌上原本在埋頭苦幹的同事也轉過頭來，他連臉上的深色護目鏡都懶得取下，直接說：「沒錯！身體才是最重要的！再說，我們老闆不就是你爸爸嗎？有什麼好擔心的？如果我是你，肯定好好在家裡當大少爺，一天都不來上班。」

說完，對方又扭過頭去繼續工作。

對於他的話，馬丁不禁有幾分無奈。

他擺脫學徒身分，當上正式的機械師已經很久了。從那之後，他就開始像成年人一樣依靠自己的雙手賺錢吃飯，在羅格朗先生的矮人機械商行的附屬工作室中，和其他機械師一起工作。

最初，由於馬丁在機械師這行年輕得不可思議，又是羅格朗先生的兒子的關係，別的機械師多少對他有些警惕和排斥。但不久之後，大家就漸漸發現他是個脾氣很好又十分努力的青年，成為正式機械師是依靠著貨真價實的技術而不是裙帶關係，而且明明是商行的「大少爺」，卻一點架子都沒有，做的工作、拿的薪水、休假天數都和他們沒什麼兩樣，有時候馬丁甚至會主動加班。

這些事都很容易讓人對他心生好感，於是馬丁跟工作室裡的人相處氛圍便融洽了起來。

剛才主動和他搭話的青年，就是馬丁在工作室裡關係最好的同事兼朋友，名叫麥克。

麥克從外表看上去是個各方面都顯得相當普通的年輕人，不過實際上在業內，他卻是公認的年輕有為、前途無量的機械師，也是在這個工作室裡和馬丁年齡最相近的人，今年才二十七歲。

聽到同事的話，麥克面色忽然凝重起來，看著馬丁，相當擔憂的問道：「馬丁，你是不是……在擔心你妹妹的事？」

話音剛落，工作室裡所有的同仁都「刷」的同時放下手上的工具、零件、茶杯或報紙，目光整齊一致的朝著馬丁的方向關心而八卦的看了過去。

馬丁：「……」

馬丁忍不住嘆了口氣。

菲莉亞剛剛從艾斯回來的時候，海波里恩這邊對於魔王未婚妻的消息還很少，頂多就是盛傳艾斯的魔王要娶一個人類女孩。

但在國王舉行盛大的歡迎宴會後，菲莉亞的身分算是全面曝光了，所有人都為艾斯的魔王準備迎娶一個出身幾乎完全是平民的人類而大為震驚，社會上甚至引發了廣泛的討論。不過，大概是因為歐文和國王那邊都使用了某些保護手段，且他們的母親安娜貝爾是皇家護衛隊副總隊長的關係，他們一家生活上受到的影響並不太大，菲莉亞被保護得尤其好，應該幾乎感受不到外界的震動。

就連一起工作的同事們都礙於各種各樣的考慮而沒有主動提起這件事，但這並不意味著馬丁感受不到他們探究好奇的視線時不時從他身上劃過。

另外，馬丁毫不懷疑，只要國王和魔王撤銷對他們的保護，立刻就會有不少瘋狂的記者衝進他們家進行不要命的採訪。

所以，現在齊刷刷投注在他身上的視線倒也不是特別難以理解了。

「說起來，你就是從魔王和你妹妹公開戀情的那段時間開始心不在焉的呢。」麥克摸著下巴思考，越想越覺得自己說得很對，「哎，如果是因為這個的話，倒也可以理解。不要說魔王了，如果我妹妹說要嫁給魔族的話，我心情肯定也很複雜……唔，雖然我沒有妹妹。」

相較於麥克，其他人的關注點並不在馬丁的感情上，既然有人開了頭，立刻有人跟著追問道：「喂，我說馬丁，魔王是個怎麼樣的傢伙？凶猛嗎？他是逼你妹妹嫁給他的嗎？」

「我在他們來的時候遠遠的看到過魔王。」這群機械師裡唯一一個女性，三十六歲未婚的艾德琳一邊褪下手套，一邊道：「……感覺是個相當年輕英俊的魔族呢。」

說完，她厭煩的掃了一眼角落的一張工作桌，那邊有一對同性情侶正不顧場合的在桌子底下用腳調情，眼睛卻一本正經的看著馬丁。

馬丁沒注意到艾德琳的眼神，想了想，回答道：「……嗯，他的確很年輕，也很英俊。不過……應該談不上凶猛，也沒有逼我妹妹。在我妹妹看來，他好像是一位個性溫柔、舉止優雅的男性。」

馬丁的答案讓大家紛紛表示意外，根本想不到傳說中的魔王是個溫柔優雅的男性。

坐得很近的中年機械師邊點了根菸，邊拍著大腿，一臉不信的說道：「真的假的啊？我還以為那個魔王肯定是貪圖菲莉亞妹妹的美色什麼的……」

麥克也頗為遺憾道：「嗯，我也覺得菲莉亞長得很可愛，想不到突然就要結婚了。」

菲莉亞回王城的時候，偶爾也會到工作室來找馬丁，因此馬丁的同事都認識她，而且印象都還不錯的樣子。

外界透露出的資訊太少，馬丁說的這些內容明顯無法滿足這些人的好奇心。

另一個機械師興奮的追問道：「你妹妹和魔王是怎麼認識的啊？他們認識多久了？你妹妹嫁進魔族王室家，難道不會有阻力嗎？咳，魔族是不是真的比我們高大很多啊？魔力很強嗎？他們具體的婚期定在什麼時候？會邀請你嗎？還有我們老闆和老闆夫人怎麼說啊？羅格朗先生同意了？」

連珠炮一般的問題別說有不少已經有點越界了，即使馬丁願意說也不知該從何答起，頓時有些不知所措。

對方卻沒有洩氣，繼續補充著問題：「誒，對了，那天國王陛下歡迎魔王的友好宴會你也去了吧？唉，聽說是幾百年裡最盛大的場面啊……怎麼樣？是不是有很多好吃的東西啊？聽說從西方高原到流月地區的美食全部都有，還有很多漂亮的貴族名媛？哎，真希望我有生之年也能參加一次這種貴族的聚會啊……」

說著說著，對方竟然自己感慨起來。

麥克有些看不下去了，打斷他道：「喂，我說你的問題也太多了吧？馬丁，你不想回答他就別回答，這種傢伙就會得寸進尺。」

對方「嘿嘿嘿」的笑了幾聲，顯然沒把麥克的指責放在心上，反而裝模作樣的拿起隨手擱在一邊的報紙，將頭埋在裡面，掩飾性的閱讀起來。

「真是的。」麥克搖搖頭，「馬丁現在為他妹妹的事明明已經夠煩了，你還要打擾他。和魔王扯上關係，肯定有什麼我們外人不明白卻又不能自己說出來的煩惱，是吧，馬丁？」

見麥克的確是很關心他的樣子，馬丁既覺得無奈卻也有些感動，他本來就不是什麼善於交朋友的人，也並不擅長和人相處。

於是，馬丁勉強笑了笑，道：「不是，我妹妹的事並不需要我擔心，歐……魔王是個意外的很不錯的人，他們感情很好，也沒給我們造成什麼煩惱。不過……我可能確實有些疲勞過度了，大概有點生病吧。今天，我想提早走了。」

馬丁清楚自己並沒有生病，只是忽然感到十分疲倦，這份疲倦甚至讓他頭一次有了在工作中早退的念頭，還使用了藉口。

不過，由於他一向是個模範員工，大家都知道他在家裡還努力研究設計矮人機械，常常廢寢忘食，「最年輕的天才機械師」並不是靠羅格朗先生這個後臺就能吹出來的，因此難得一次請假，同事們都十分包容。

再說，馬丁的臉色的確慘白的很難看。

最近羅格朗先生正在讓他們製作一個設計非常複雜的新機械，看模樣是交通工具類的，所有人都沒日沒夜的工作了好幾天，馬丁又是他們之中幹活最狠的，就算累倒也不奇怪。

於是麥克連忙說：「不舒服就回去休息吧，這裡有我們呢。放心吧，我們幾個的經驗到底比你豐富得多，少你一個也沒什麼的。」

馬丁點了點頭，稍微收拾了一下桌上必須帶走的工具，拎起包就要離開。這時，剛才假裝看報紙的同事忽然「咦——」了一聲。

他本來只是為了讓麥克熄火偽裝成看報紙而已，但不知不覺竟然真的看進去了。這個時候，他將報紙攤在桌上，指著一張登得很大的圖片道：「想不到之前的友好宴會，他們竟然還弄了張這麼大的圖！」

報紙上的圖片是魔法師用魔法保存成圖像後，再讓畫家畫下來印刷，過程十分複雜，成本也很高。尤其是魔法的部分，這還是早年從魔族那裡傳入海波里恩的幾種生活魔法之一，但魔族魔法的缺點就是消耗大，大部分人類魔法師都不願意將寶貴的魔力浪費在這種地方。

羅格朗先生倒是從矮人機械設計圖中找到了一些可以不用魔法記錄圖像的裝置，可惜暫時還做不出來。

總之，報紙上的圖，尤其是真實圖像，至今為止還是很稀少的。

然而這一次竟然有這麼大一張。

不過，大概也是由於這張圖，這一期的報紙製作時間延長不少，兩個月前的事，直到現在才刊登出來。

中年男子指著報紙一角的一個盛裝的女孩問道：「誒？這個是不是就是威廉森公爵傳說中的那個女兒，瑪格麗特．威廉森啊？」

突然聽到這個名字，馬丁跨出工作室一半的腳，猛地收了回來。

瑪格麗特在海波里恩流傳的名稱有很多，比如「王國之花」、「王城明珠」，還有學生時代就有的「高嶺玫瑰」之類的。

她的這些綽號大多和她極為出眾的外貌脫不了干係，又和那種外人看來難以親近的性格有關。在大多數人的眼中，瑪格麗特完全是最為標準的「高貴冷豔」的代表，出身讓人難以企及，性格又高傲冷淡，不管在什麼場合碰見，旁人都沒有勇氣上前搭話的那一種。

所以人們拿來形容她的也都是那種看起來傲慢又豔麗的花，例如玫瑰、薔薇，從來沒有人會認為瑪格麗特應該是小雛菊或滿天星。

瑪格麗特的美貌極為醒目。哪怕大多數和她接觸過的勇者都知道她在勇者領域很傑出、劍術相當優秀，還有幾乎能用「天才」來形容的戰鬥直覺和反應能力，可絕大多數人仍然會忽略瑪格麗特自身的才能，將注意力全放在她美麗的皮囊上。

正因為如此，就連王國之心的報紙記者都一向很喜歡瑪格麗特，能碰到瑪格麗特的活動絕不放棄參加，甚至有一些比較得寸進尺的記者還會提前在瑪格麗特喜歡出入的地點蹲點，甚至試圖跟蹤她。

當然，試圖跟蹤一個優秀的職業勇者絕對不是什麼好主意，瑪格麗特基本上瞬間就教那些知道她漂亮卻選擇性忽視她攻擊性的人該怎麼做人，再加上她本來就是公爵家的女兒，因此受到的保護措施更多，家門也不是想進就進的，因此記者不得不收斂，所以瑪格麗特的生活倒也沒有遇到太多干擾。

不過，威廉森公爵好像並不反感自己女兒被人民群眾和報紙捧著出風頭，還對此有點淡淡的得意，類似於別人誇獎自家珍寶的自豪感，所以對於報紙常常刊登瑪格麗特一些無關緊要的事的行為並不加以阻止，只是禁止太清晰的照片流出。

於是瑪格麗特仍然是記者們喜愛的題材，曝光率很高，基本上是全民都知道的上流社會圈的名花，也是除了國王以外最具知名度的貴族。

當然，即使如此，真正親眼見過瑪格麗特的人還是很少的，更不要說接觸了。

得越發神秘了。

由於瑪格麗特不喜歡社交場合的關係，就連不少貴族都沒有機會見到她。從冬波利學院畢業之後，她跟著卡斯爾學長到處做勇者任務，經常長期遠離王國之心這種話題中心，便顯得越發神秘了。

此時，中年機械師手裡拿的這張報紙上登的圖片，乍一看似乎是隨意抓取的畫面，可實際上卻有意無意的將瑪格麗特放在最為顯眼的位置。

她那一身在宴會上才穿著的繁複裝束，盡顯貴族的雍容富貴之態，完全符合普通群眾對觸及不到的上層社會的想像，再加上瑪格麗特毫無瑕疵的美貌，幾乎要將這張普普通通、還只有黑白兩色的報紙圖變成藝術品。

圖片上，瑪格麗特輕輕的蹙著眉——無妨，這個表情除了讓她看起來更生動、更漂亮以外，沒有任何影響——一手輕輕提溜著裙襬，正跟著另一個人的步伐往外走。

她正跟著的那個人的大半個身子都沒有在圖片內，因此無法分辨出是誰，只能從裝束的花邊考究看出應該是個年輕的貴族男性。

「這個就是瑪格麗特吧？就是她吧？天吶，如果這個還不是瑪格麗特，我都無法想像被稱為王城第一明珠的瑪格麗特應該長成什麼樣了！」馬丁的同事語氣誇張的說。

艾德琳探頭過來掃了一眼，點頭道：「嗯，是她。我去威廉森公爵那裡修水管的時候見過一次瑪格麗特，雖然這圖片裡比當時的她年紀大了很多，但五官輪廓還看得出來。」

艾德琳出生的家庭非常貧困，父母早亡，還有好幾個弟弟妹妹要養，所以她很小就出來養家餬口，各種各樣的髒活累活都做過，什麼技能都會一點。

作為女性，且是年幼的女性，在很長一段時間內，艾德琳找工作的過程都不順利。她長得並不漂亮，也不太懂禮儀，因此難以找到女僕、服務生之類為貴族和富商服務的工作。而園丁、木匠之類的工作又大多只肯招收男性。艾德琳吃了不少閉門羹，常常只能撿那些薪資低又噁心到實在沒有人願意做的工作。

為了餬口，她甚至假扮過男性。同時也是在這段時間裡，艾德琳學會不少技能，最終留在羅格朗先生的商行裡當了機械師學徒，後來成為正式的機械師。

某種意義上，艾德琳的眼界比在場所有人都廣。

聽到艾德琳這麼說，中年機械師便輕易的相信了，連連點頭稱讚瑪格麗特果然和傳聞中一樣漂亮。這時，他抬起頭才發現馬丁竟然還沒走，站在門口神情古怪的看著他們。

想到馬丁是從南淖灣那種落後地區才搬來幾年的新移民，平時又一副對女性沒什麼興趣的內向樣子，中年機械師立刻以為他不曉得瑪格麗特是誰，便道：「馬丁，你等一下再走！

先過來看瑪格麗特！像這麼清晰的側面照可是很少見的……」

說著，他將報紙往馬丁的方向攤了攤。

鬼使神差的，馬丁竟然真的走了過去。

「瑪格麗特啊，那可是威廉森公爵的獨生女，我們王國之心的第一美人。」他興致勃勃的說：「你那天去參加宴會，難道沒有注意到她嗎？很漂亮吧？」

大概是類似某些本地人向其他地區人炫耀自己家鄉美女的心理，中年機械師說得很是自豪，還不停的觀察馬丁的表情，他當然不會想到瑪格麗特和馬丁不僅以前就有交集，瑪格麗特還經常去馬丁家裡拜訪，雖然大多數的時候兩個人都找不到話題的對坐著。

……他們甚至接過吻，在好幾年前的學院競賽，就那麼一次。

「嗯……她很美。」馬丁心不在焉的說。

他的腦海中不自覺的開始重播當時的畫面，他其實從來就沒有忘記過那件事。光是想起來，馬丁就覺得嘴脣和心臟都滾滾發燙。

望著報紙上那張繪著瑪格麗特的黑白圖畫，他甚至有些不敢直視她。

是的，瑪格麗特那一晚的確非常的漂亮，儘管這麼說會對心愛的妹妹菲莉亞有些抱歉，但……世界上真的再也沒有什麼能比她更漂亮了。

中年機械師還在琢磨一些無關緊要的事，他的手抵著下巴，思索道：「唔……說起來，畫上這個帶走瑪格麗特的男人到底是誰呢？這種宴會的話，應該是瑪格麗特的男伴吧。難道說是情人……或者未婚夫之類的？瑪格麗特的確是到了可以結婚的年紀了……」

同事的話讓馬丁不自覺的出神。

他知道那張圖片裡帶走瑪格麗特的人是誰——那位三王子理查．懷特，一個深信瑪格麗特也愛著他的追求者。

雖然瑪格麗特拒絕了他，但……

馬丁的視線不由自主的落在相片上。

理查至少和瑪格麗特出現在同一個畫框裡，而他……並不存在。

忽然，機械師猛地一拍大腿。

「我知道了！我知道了！帶走瑪格麗特的肯定是卡斯爾．約克森啊！」

他吼的聲音很大，工作室裡的人都看著他。

艾德琳想了想，若有所思的點頭，「嗯……或許是，仔細想想的話，王城裡能配得上瑪格麗特的男人也就只有那個卡斯爾了。瑪格麗特好像現在還和卡斯爾是同一個勇者團隊的，我有記錯嗎？」

「沒錯！肯定是卡斯爾！」另一個機械師亦激動起來，一副破案成功的樣子，「瑪格麗特和卡斯爾還是同一所勇者學校畢業的呢。誒，說起來菲莉亞也是冬波利畢業的吧？馬丁，你知不知道什麼內情？」

馬丁一愣，無法和同事期待的目光對視，他不自覺的移開視線。

「我想……應該不會是卡斯爾吧。」

「為什麼？難道卡斯爾和瑪格麗特不是很登對嗎？」

因為兩人的確在各方面的相似性都很高，王城裡有不少人都認為卡斯爾和瑪格麗特應該遲早會結婚。

這個問題馬丁不知該怎麼回答，難道要說他親眼看到是三王子帶走瑪格麗特，或者卡斯爾好像其實喜歡的是菲莉亞嗎？

看馬丁一副答不出的樣子，麥克連忙又上來解圍。

他一把勾住馬丁的肩膀，笑著對其他人說道：「好了好了，你們不要纏著馬丁了，他也只不過參加了一個舞會而已！反正瑪格麗特結婚的話，報紙上肯定會大篇幅報導的，接下來就知道了！」

說著，麥克拍了拍馬丁的肩。

「你累了的話，早點回去休息吧。」

馬丁感激的對他點了點頭，視線不自覺的又往報紙上瑪格麗特的身影瞥了一眼，卻如同被灼傷般飛快的移開目光，然後快步離開工作室。

▶◇◀◎▶◇◀

等離工作室很遠了，馬丁才終於鬆了口氣，緩下步伐。

然而，走著走著，馬丁又停了下來。

他腦海中不自覺的浮現出瑪格麗特。

那一晚，他們幾乎說了一夜的話，還跳了舞。

瑪格麗特的舞步很輕盈，又美麗。她從旋轉中回過頭望著他的時候，那雙眼睛裡簡直灌滿了星辰。

馬丁的心臟不受控制的劇烈跳動起來。

他這段時間的狀態不好並不是因為菲莉亞，而是因為……

瑪格麗特。

她帶走了他的心臟，還有靈魂。

《與魔族王子一起戀愛吧05甜蜜之吻》完

敬請期待《與魔族王子一起戀愛吧06》精采完結篇！

這個魔頭有點萌
NOVEL 錦橙
ILLUST 水々
全套兩集，火熱上市！
一代魔尊被迫認賊(仙)作父？！
未婚新手爸爸親育女魔頭寶典♥
她驚悚了：「我沒爹，你不是我爹！」
他安慰她：「我救了妳，我就是妳爹。」
典藏閣
華文聯合出版平台
www.book4u.com.tw
采舍國際
www.silkbook.com
不思議工作室_
立即搜尋
版權所有© Copyright 2

偏蝠老師★補完計畫・新番外「畢業與離婚」
0名繪師
aaRO、非光、夜風、花信、生鮮P共襄盛舉！

陳詞懶調×PieroRabu
回到過去
BACK TO THE PAST
TO BECOME A CAT NO.12 END
變成貓
他一覺醒來變成貓。
十年貓生過去，當時間
來到記憶中的那天……
人變貓的喵星人歷險記——好萌喵，不買嗎？
全套12集，全國各大書店、網路書店、租書店強力熱賣中！
典藏閣
華文聯合出版平台
www.book4u.com.tw
采舍國際
www.silkbook.com
不思議工作室
立即搜尋
版權所有© Copyright 20

飛小說系列 180

與魔族王子一起戀愛吧 05

甜蜜之吻

出版者■典藏閣
作　者■辰冰　繪　者■凌夏
企劃編輯■多力小子　美術設計■Aloya
總編輯■歐綾纖
製作團隊■不思議工作室
郵撥帳號■50017206 采舍國際有限公司（郵撥購買，請另付一成郵資）
台灣出版中心■新北市中和區中山路 2 段 366 巷 10 號 10 樓
電　話■(02) 2248-7896　傳　真■(02) 2248-7758
物流中心■新北市中和區中山路 2 段 366 巷 10 號 3 樓
電　話■(02) 8245-8786　傳　真■(02) 8245-8718
ISBN■978-986-271-836-0
出版日期■2018 年 9 月

全球華文國際市場總代理／采舍國際
地　址■新北市中和區中山路 2 段 366 巷 10 號 3 樓
電　話■(02) 8245-8786　傳　真■(02) 8245-8718

新絲路網路書店
地　址■新北市中和區中山路 2 段 366 巷 10 號 10 樓
網　址■www.silkbook.com
電　話■(02) 8245-9896
傳　真■(02) 8245-8819

☞您在什麼地方購買本書？☜

1. 便利商店（________市／縣）：☐7-11　☐全家　☐萊爾富　☐其他____________

2. 網路書店：☐新絲路　☐博客來　☐金石堂　☐其他__________

3. 書店（________市／縣）：☐金石堂　☐蛙蛙書店　☐安利美特animate　☐其他____

姓名：________地址：______________________________

聯絡電話：____________　電子郵箱：______________________

您的性別：☐男　☐女　　您的生日：西元________年________月________日

（請務必填妥基本資料，以利贈品寄送）

您的職業：☐上班族　☐學生　☐服務業　☐軍警公教　☐資訊業　☐娛樂相關產業

☐自由業　☐其他__________

您的學歷：☐高中（含高中以下）　☐專科、大學　☐研究所以上

☞購買前☜

您從何處得知本書：☐逛書店　☐網路廣告（網站：__________）　☐親友介紹

（可複選）　☐出版書訊　☐銷售人員推薦　☐其他______________

本書吸引您的原因：☐書名很好　☐封面精美　☐書腰文字　☐封底文字　☐欣賞作家

（可複選）　☐喜歡畫家　☐價格合理　☐題材有趣　☐廣告印象深刻

☐其他______________

☞購買後☜

您滿意的部份：☐書名　☐封面　☐故事內容　☐版面編排　☐價格　☐贈品

（可複選）　☐其他

不滿意的部份：☐書名　☐封面　☐故事內容　☐版面編排　☐價格　☐贈品

（可複選）　☐其他

您對本書以及典藏閣的建議______________________________

____

____

✌未來您是否願意收到相關書訊？☐是　☐否

✎感謝您寶貴的意見✎

印刷品

$6

請貼
6元
郵票

235 新北市中和區中山路二段366巷10號10樓

華文網出版集團 收

（典藏閣－不思議工作室）

與魔族王子一起戀愛吧～

MO ZU PRINCE

NOVEL 辰冰 × ILLUST 凌夏

Episode 05